二人の美術記者
井上靖と司馬遼太郎

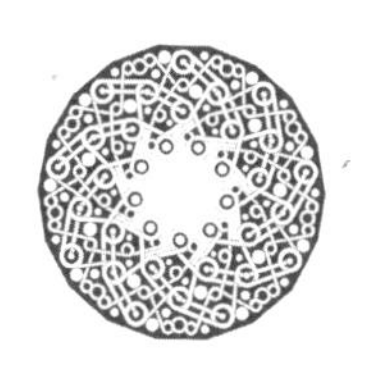

Honda Akino
ホンダ・アキノ

平凡社

目次

装幀　毛利一枝
装画　須田国太郎《犬》
東京国立近代美術館蔵

二人の美術記者　井上靖と司馬遼太郎

序

「結局、新聞記者を何年やっておられた?」

「たしか十三年だったと思います」

「私と大体、同じくらいですね」

「それで最後は、美術を受持ちました」

「似てますねえ。美術、宗教というのを受持つのが、将来、ものを書くには一番いいですね」

「暇ですしねえ。そうですか、十三年でいらっしゃいましたか」

「ええ、やはり十三、四年でしょうか」


「サンデー毎日　臨時増刊」(一九七二年四月)に掲載された井上靖と司馬遼太郎の対談「新聞記者と作家」の冒頭である。「美術、宗教というのを受持つのが、将来、ものを書くには一番いい」と話しているのが井上靖で、「暇ですしねえ」と司馬遼太郎が応じている、そのちぐはぐ感がなんだかおかしい。同時に、さらりとかわされて蒸し返されなかったこの一言が、どうも気になる。

新聞記者として美術と宗教をうけもち、じっさい物書きとなってその経験を誰よりも生かしたのが井上靖だったのではなかろうか。その実感が、ことさら意識せず自然にもれたのかもしれない。かたや、乗りのよくない返事をした司馬遼太郎は、ふいに話の角度をそらしたか、逆にひと言では答えがたかったために軽くとりつくろった、と読んでしまうのは穿ちすぎであろうか。

昭和のある時期、二人はともに大阪で美術記者をしていた。展覧会の紹介や批評、芸術家のインタビューなどを記事にする仕事である。望んだポストではなく、いずれも各社の人事であった。それぞれの回想によれば、一人はその仕事を積極的に受け入れて精力的に取り組み、その後も生涯、美術と密接な関係を保ちつづけた。もう一人はその仕事を〝忌み嫌い〟、やがて役目から解放されたあと自由に美術と接する醍醐味を知った。

なりゆきであれ、二人は新聞記者として時代の美術現場とどのように向き合ったのか。その経験はのちに何をもたらしたのだろう。

大学二年の頃、美術史の面白さを知った私は、駆り立てられるように展覧会に足を運び、関連の本を読み、研究者を目指して大学院に進んだ。しかし学界という独特の雰囲気に呼ばれていなかったらしい。こんどは美術記者になれたらと新聞社に入ったが、希望が叶わぬうちに退社した。美術史研究者にも美術記者にも挫折した私は編集者となり、仕事のなかで、かつて美術記者であった井上靖と司馬遼太郎に、出会ってしまったのである。愛読する作家はともに美術記者をしていた、それも私が生まれ育った大阪を足場に。井上が美学美術史を学んだ大学院の先輩にあたることにも驚いた。気になって仕方がない。いつしか二人の美術記者の周辺をたどることは、自分に与えられた課題に思えてきた。これを越えないと、どこだかわからないが次に進めない山となったのである。

*

明治四十年（一九〇七）北海道旭川で生まれた井上靖は、一年たらずで本籍地であり、小説やエッセイの舞台にもたびたび描かれた故郷、伊豆湯ヶ島に移る。そして放浪期ともいえる青春時代を経て、二十九歳の時に大阪毎日新聞社に入社した。昭和十二年ごろから戦争を挟んで昭和二十三年にかけて、三十代の大半を学芸部の美術記者として過ごした。

いっぽう司馬遼太郎は大正十二年（一九二三）大阪で生まれ、生涯のほとんどを大阪で暮らした。戦後、復員して京阪神の地方紙・新日本新聞の記者となるが倒産、産経新聞に移ったのち、昭和二十八年頃から三十三年頃、二十代後半から三十代半ばまで美術記者をつとめた（その前後、後にものべるように二人はともに「宗教記者」でもあった）。重なる時期はなく、記者クラブや画廊など取材現場で顔を合わせる機会はもたなかったはずだ。二人はやがて、小説を書くことに専念するために退社した。

新聞社時代についての回想によれば、井上はすでに自称「おりた」記者であった。会社に入って間もなく、麻雀でいえば、勝負をおりた立場に身を置いたのだという。記者として偉くなろうという気持ちには程遠く、逆にいえば自分の好きなことを好きなようにやろうとしていた。学芸部記者時代については、「主として美術と宗教欄を受け持ったが、これはこれで私としては結構面白かった」（『私の履歴書　中間小説の黄金時代』）と書いている。会社では自分の席にいるより、調査部の資料室にいる時間のほうが長く、このころに作家への伏線ともなる「調べて書く」作業がどういうことかを知ったともいう。昭和十四年の一時期には、会社に学費を出してもらって古巣でもある京都大学の大学院に籍をおき、美学の勉強をしている。

「植田寿蔵博士のすすめで、ドボルシャックとかリーグルとかを本気で訳そうと思った」というのだから本格的で、「この時期は本当に美術評論家になろうと思った」。美術に相当入れこんでいたことがうかがえる。

「私は小説を書き出した時、文学以外のものをすべて自分から切り捨てるよう、自分に言いきかせた。そして映画も、演劇も、音楽も、スポーツも、自分の関心の外に置くことにした。ただ一つ、美術だけは例外だった。捨てることはできなかった」

晩年の昭和五十九年（一九八四）、全国六会場を巡回した、いわば「井上靖の美術展」の図録の巻頭につづった文章である。自身にゆかりのある美術品を集めたものだけに、美術に傾いた筆致となるのは自然で、たとえ結果論でも、かなり正直な気持ちでもあったろう。

「美術と縁が切れなかったのは、たとえ名前だけであるにしても、京都大学時代に美学美術史を専攻したということになっており、またそうしたことのつながりで、毎日新聞社の記者時代は美術欄を受持たせられており、このように若い頃、美術と付合った一時期を持っていたからである」

小説家となってからの仕事は多岐にわたったが、初期は小説に画家や陶芸家を主人公や重要人物としてしばしば登場させ、その後もエッセイなどで芸術について執筆するなど、平成三年（一九九一）に八十四歳で没するまで積極的に美術にかかわりつづけた。そういった文章は『美しきものとの出会い』『忘れ得ぬ芸術家たち』などの本にまとまっている。

司馬遼太郎はどうか。井上の言い方を借りれば、美術の担当となるや福田定一（本名）記者は「おりた」、といえるかもしれない。

「まだ三十でしたが、もうわたしとしては新聞記者として車庫入りしていたような感じで、といいますのは社会部から文化部へまわされましてね。美術批評を書かされたんでしたが、それがいやで、なんのために新聞記者になったのかというと、火事があったら走ってくためになったんで、もう落魄の思いでした」（「足跡　自伝的断章集成」）

しかし実際は、周囲からは美術担当がいやだったとも、落胆していたとも見えなかったというのだ（『新聞記者　司馬遼太郎』）。そもそも、「子供のころ絵描き——それもウチワに絵をかく程度の——になろうとおもったことがあります」（「足跡」）というから、決して美術が嫌いだったのではない。紙面では「美の脇役」といった企画連載も率先して手がけた。

自身が納得していたかはともかく、美術を熱心に勉強し、絵をみるために動くことをいとわなかった。真面目なサラリーマンであったともいえる。ただ勉強熱心は頭でっかちの苦しみをもたらしたのだが。

一方で、国民的作家と呼ばれるようになり平成八年（一九九六）に七十二歳で急逝するまで、折にふれて自らを「美術オンチ」（『街道をゆく　韓のくに紀行』）と称したり、どこか美術が苦手なふりをしていたようにもみえる。謙遜や自嘲でなく、彼なりの韜晦がこめられていたとも思う。『街道をゆく』シリーズでは須田剋太ら複数の画家たちとの〝共作〟のようにスケッチをたのしみ、画家が同行できない時にはピンチヒッターを務め、自ら挿画を描いた。また美術に関する文章を集めて『微光のなかの宇宙――私の美術観』にまとめている。

そんなふうにみてくれれば、距離のとりかたは異なっても二人は生涯を通じて美術に寄り添いつづけたともいえる。背景に、美術記者としての若き日々があったことは事実である。

*

十六歳の差がある二人は、少なからず直接の交流をもっている。昭和五十年（一九七五）に作家団の訪中で同行し、その二年後、互いに若いころから強い思慕を抱いてきた西域への旅にも同行、この経緯は翌昭和五十三年、対談集『西域をゆく』としてまとめられた。

そもそもの出会いは、ずっと以前にさかのぼる。四十歳を過ぎてデビューした井上靖は、流行作家として多忙な時期を送っていた。かたや昭和三十五年に「梟の城」で直木賞を受賞した司馬遼太郎は、一年ほどして新聞社を辞め、本格的に作家生活に入ろうとしていた。

「昭和三十年代のいつだったか、小説を書くことにたくさんの時間を使いたかったため、勤めていた新聞社を辞めようと思い、その手続をした。その夜、たまたま大阪の酒場のカウンターで井上靖氏と出逢った」（「雑感のような」）

　偶然にしては、運命的にも思われる。この夜、井上は四高の柔道部時代の仲間たちと一緒だった。そして多少どぎまぎしていた新人小説家を、仲間の一人一人に丁寧に紹介したという。といっても当人同士が初対面なのだから、その前に著名な作家が店内にいることに気づいた司馬が、礼儀としてあいさつの言葉でもかけたのか。店主や連れの新聞社の誰かが仲介の労をとったのかもしれない。そうして歓談がはじまったものの、年少の司馬からすれば多少息苦しい時間であった。共通の話題もみつからないまま、「つい私事をいってしまった」。このたび自分は勤めを辞めて作家の道をゆくことにしたのです、と。すると井上は即座に答えた。

「それはようございました」

その声は、「ちょっと類がないほどにいたわりのこもった声」に感じられた。新聞社に入ったころから、三十歳になれば退社して小説を書こうと漠然と思い始めていた司馬は、しかし、勤めをやめることで仲間たちの群れから独りぼっちになって暮らすことにつらさを感じていた。この日になっても実際に会社を辞めて筆一本の生活に入る選択がいいことかどうか迷いがあった。そんな福田記者は、「この言葉に救われた」という。

「混乱していた自分の気持が氏の声で——意味でなく——一瞬で諧調がハタハタとした風のような音をたててできあがってゆくようなふしぎな——作用されてしまったような——実感をもった」

　打てば響くように放たれた井上の明るい声が、後輩作家の気分をふわりと浮上させた。同じ道を選び、堂々と歩みつつある先輩作家が太鼓判を押してくれたのである。

初対面のこの夜、司馬は、当時の自分より十歳以上年長の人たち、文壇人にも例外なくしばしば見られた病的伝統とも思われる「日本人のもつ意地悪さ」が、井上にまったく見られないことに、逆に興味をもったと振り返っている。さらに、人当たりのいい紳士、という井上の評判に反して、その奥にある別の面を直観的に見てとったのではなかろうか。そしてこう述べるのである。

「私は氏の美術評論を二、三それまでに読んでいたが、このひとは誰も持たない美についての微妙な作用ができる天分をもっているのだと思ったりした」

井上と美術の〝独特の関係〟を、文章から感じとったようなのだ。

それにしても、「誰も持たない美についての微妙な作用」とは何だろう。それを察知する司馬の美術への、人間へのまなざしとはいかなるものであったのか。

芸術というものへの向き合いかたは人さまざまであろう。美に出会い、接した日々は、のち小説家となった二人にとってどんな意味をもったのか。生きている限り、常に人とともにある芸術とはいったい何なのか——漠としたそのような問いを抱えながら、二人の長い営みの森へと、一歩ずつ踏みだしてゆこうと思う。

第一章　遅咲きの桜——須田国太郎のこと

黒い犬が四肢を踏ん張って、何にも邪魔されずに堂々と立っている。なのにどこか、不安げでもある。赤い目が、何かを語りたそうでもあり、何も言いたくなさそうでもある。彼はどうしてこんなところに立っているのだろう。これからどうするのであろう……。

須田国太郎の、没後五十年を記念した回顧展。平日の午後、学校なら夏休み期間であるが、会場には人は多くない。郊外の美術館に出かけるには確かに猛烈な暑さではあった。静けさのためか、須田の絵の前に立っていると、一点一点、それぞれ文学作品のなかに入り込んだような感覚にとらわれる。それも思索を促されるたぐいの、少し哲学的な内容の。思いに耽りながらゆっくり歩を進めるうちに、出口にたどり着いた。何点かの絵によってもたらされた強烈な印象の余韻が、当分さめそうにない。

須田国太郎は、明治二十四年（一八九一）、京都に生まれた。京都帝国大学で美学美術史を専攻し、大学院に進んで「絵画の理論と技巧」を研究するかたわら、関西美術院でデッサンを学んだ。二十八歳のときスペインに渡り、プラド美術館に通ってルネサンス以降の絵画の模写を重ねた。ヨーロッパ各地の美術を見て回り、三十二歳で帰国。昭和七年（一九三二）、母校の京都大学でギリシャ彫塑史の講義をうけもつ。同年、東京の資生堂ギャラリーで初の個展を開催するや、注目を集めた。四十を過ぎてからの、実作者としての本格的なデビューであった。その後は七十歳で没するまで独自の画境を拓いた。

昭和三十一年、朝鮮戦争での特需を経て日本は高度成長の時代を迎えようとしていた。三十代はじめの福田定一——のちの司馬遼太郎は、産経新聞の美術記者として、来る日も来る日も大阪や京都で催される展覧会を丹念に見て歩いていた、そんなある日。

「私は須田国太郎の《窪八幡》に出くわしてしまった」（「微光のなかの宇宙」）

当時のことを、司馬は「二十代のおわりから三十代の前半まで、絵を見て感想を書くことが、勤めていた新聞社でのしごとだった」と振り返る。それも、絵を見て書くというより、「正確には、本を買いこんできて絵画理論を頭につめこむことを自分に強いた」作業であった。とくに、セザンヌの理論やその後の造形理論を読みこみ、実際の絵画の中でたしかめ、それをまた制作した人に問いただす仕事。その数年間は、「一度も絵を見て楽しんだこともなければ、感動したこともない」（以上「裸眼で」）と苦々しい。この頃の福田記者は、理論という曇り硝子を通して芸術とされるものを見ながら、そのおかしさに自身、悶々としたものを抱え込んでいたようだ。そのうえ西洋の模倣が正当のものとしてまかりとおる日本の洋画壇に、「過度な期待からくる失望感」をぬぐえぬまま、役割をこなしていたらしい。敗戦から十年が過ぎて経済復興が著しい半面、精神的には「戦後の乱世がおさまったばかりでささくれだって」いた空気も影響したのか、当時の画壇に対する「心理的事情は多分に平衡をうしなっている」ときの、それは一つの衝撃の出会いだった。

「《窪八幡》においては、色彩の赤が、濃密な空気の奥に沈んでいる。他の色彩も形象も空気を感じさせつつ沈んでいるが、とくに赤が、空気の奥に秘められていることのあやしさを蠱惑的に（といって主張はせず）ひたすらに実在している。そのことにつよい衝撃をうけた」（以上「微光のなかの宇宙」）

須田国太郎《窪八幡》
1955年　東京国立近代美術館蔵

《窪八幡》は、山梨市の北にある大井俣窪八幡神社を描いた昭和三十年の作品だ。貞観元年（八五九）清和天皇の勅願で宇佐八幡を勧請して以来、武田氏など甲斐源氏の崇敬を集めてきた。現在の本殿は応永十七年（一四一〇）に再建され、重要文化財に指定されている。福田記者が出くわしたのは昭和三十年十一月、会場を東京から大阪市立美術館に移した第二十三回独立展においてだと思われるが、須田作品のなかでは例外的とされるほど色彩、特に赤がじつに鮮やかである。図録の解説によるとこの時期、須田の絵画は一つの危機——対象を徹底的に探究するがゆえに、描かれたものは不分明となり、画面は硬直した印象を与えるという危機に直面していた。「暗くなる」「色を失う」と本人が表現したその危機を、《窪八幡》の赤のような鮮やかな色を導入することで克服しようとしたという。横長のキャンバスいっぱいに平面的ともいえるほど真正面から社殿が堂々と描かれていて、屋根の黒、胴体の白、そしてそれを支える柵の赤という三層の単純な構成、強烈なコントラストは、一目見れば強い刺激を脳裏に焼きつけずにはおかない。

この前年、昭和二十九年の独立展に須田は《八幡平》《芥子の花》を出展した。福田記者は展評（十一月十八日）を執筆し、「須田国太郎「八幡平」は例の剝落したような色調の中に珍しくも生々しいグリーンを置いて画面を力強く引緊めており」と短くふれている。《八幡平》は生涯を通じて遠景の山並みを描くことに取り組んだ須田の仕事の一端で、他作品と同様、山肌や山間が複雑な色彩をおびて全面に描かれる。山や木々などの境界を示す描線はほとんど曖昧だが、画面右上にやや鮮やかな青緑の山が小さく配されて全体のアクセントとなっている。しかし構図にしろ、色彩にしろ、衝撃的とはいえない。司馬も「（《窪八幡》以前見た須田の絵には）強い関心はもつに至らなかった」と述べている。そして一年、須田は《窪八幡》に、いわばジャンプしたのである。

しかし司馬が振り返って「出くわしてしまった」と表現する、その衝撃の根っこにあるのは、《窪八幡》の色彩や構図の派手さではない。絵画の理論や技巧を〝研究者〟として突き詰めてきた須田が、こんどは美術学校を出ていない〝画家〟として、ヨーロッパで修行といえる日を送り、いわば回り道を経たすえに「世界で唯一つの――あるいは強烈な普遍性をもちつつ孤絶しているといったふうな――巨大な創造の中を歩」（以上「微光のなかの宇宙」）き出し、画壇から超然として自分自身の内部を唯一の情報源にして描き切った瞬間への驚きであったろう。

井上靖は昭和七、八年、二十代の終わりに須田国太郎と出会っている。当時、京都大学の学生であった井上は、須田のギリシャ彫塑史の講義を聴いていたのである。といっても一、二回出席したのみで、講義内容の記憶は残らなかった。四十歳を過ぎて画壇に華々しくデビューした講師にたいする半ば好奇心から、どのような人間かを見に行ったらしい。

「私は自分と同じように京都大学で美学美術史を専攻し、画家としては正規の道を踏まないにもかかわらず、四十歳を過ぎてから個展を開いて成功した先輩に、少からず興味を抱いていた」

井上が六十歳のころに綴った「須田国太郎のこと――嵐山の遅桜」からの引用だが、遅咲きといえば井上の作家としてのスタートも、四十を過ぎてからであった。

その後、大学生の井上は、友人たちと始めた同人雑誌『聖餐』の表紙絵を須田に描いてもらうことになった。ところが、その作品に畏敬の念をもっていながら、なるべくなら直接会うことは避けたい気持ちがあり、カットを依頼するときにも友人だけで行ってもらった。卒業後、アトリエに遊びに来るように言われた機会にさえ、当日になって電話で断わって行かなかったという。

「何か理由は判らぬが、虚心に会えぬようなものがあった」

やがて新聞社に職を得た井上は、美術担当を命じられる。そうなれば須田の自宅を訪ねる機会は何度もあった。にもかかわらず、どういうものか足は向かなかった。原稿を依頼する時は手紙を書き、一対一で話すことをあくまで避けようとした。そのような時期でも、会合などでは顔を合わせる。そこで目にした須田は、井上から見れば画家というより学者の趣があり、謙虚、冷静、重厚の印象は作風とみごとに一致していた。しかし、やはり「一面、氏の身辺には、うかうかと近寄って行きにくい重々しい醒めたものがあった」（以上「須田国太郎のこと」）。

その気分は、若き福田記者にも共通するものであったらしい。

《窪八幡》に出くわした少し後、昭和三十一年三月に大阪の日仏画廊で須田の個展が催された。出かけてみると、会場には当時六十五歳になる画家本人がいた。「大柄な体を三ツ揃えの背広で行儀よく包み、両脚をつつましくそろえて固いイスに腰を掛けていた」。美術記者ならば、実作者を見かければ声をかけるのが、まあふつうだろう。この個展について短い紹介を書く立場にあったというから、なおさらである。しかし、「この当時、なにか諸事気鬱で、社交の運動神経に変調があったような時期だったために」、「ビルの勤め人が昼休みに会場にまぎれこんだように」会場を一巡したあと、片隅にいた画家に目礼だけをして出ていってしまったというのである。目礼に気づいた須田は、椅子からわずかに腰を浮かして慇懃に答礼した。相手が誰であるか、おそらく以後も知ることはなかっただろう。会場をあとにした福田記者は、「その直後に路上で後悔し、その後いよいよその後悔がひろがっ」た（以上「微光のなかの宇宙」）。

取材をする立場にありながら、そのときの気分や空気によって一歩踏み込めなかったり、時に後ずさりするのは、珍しいことではない。芸能リポーターのようなハイテンションを保てるのはむしろ不思議で、ときに義務と知りながら声をかけ損ねてしまうのは、彼ほど思索深い人なら自然かもしれない。福田記者の情けないような後悔には同情せずにいられない――彼らしい含羞をも感じながら。ただし、須田についていえば、井上の似たような経験を思い合わせると、当人のどこか人を寄せつけがたい孤高のたたずまいが、声をかけさせない一因だったのではないか。須田は、少なくとも二人の美術記者から直(じか)の接触を避けられたことになる。嫌われたためではまったくない、むしろ深い「関心と敬愛」をもって、いやもしかしたらそれゆえに。

井上記者はいくつかの展評で、しばしば文末に言及するかたちで須田について述べている。昭和十八年の文展評では《八坂神社西門》を「独自の領域の仕事で目新しくはないが、誠実な仕事のみの持つ美しさは備えている」と、二十年の戦時文展評では《金剛山》をあげ、「独自の作風によって健在である」と、二十一年の京展評では締めくくりに「須田国太郎氏「嵐峡」にみる木立の中の春は印象に残る、いつまでも」と余韻を残す。さらに二十二年の連合展では「須田国太郎の作品が、須田調の弱まった作品だが落着いた美しさを見せている」といった具合に。詳しく言及しなくても、もらさないよう配慮が感じられ、決まって好意的である。何度も小出ししているところに、内なるこだわりが匂わなくもない。

昭和二十五年、井上靖は「闘牛」で芥川賞を受賞すると、創作に専念するため東京に住まいを移した。しばらく記者を続けてはいたものの、京都に住む須田と会う機会はなくなった。それが昭和三十二、三年に上洛の折、偶然にも南禅寺の門のそばでばったり邂逅(かいこう)したのである。久闊(きゅうかつ)を叙したものであろう、三十分ほど立ち話をしたさい井上は、題は忘れたものの、新緑の嵐山に遅咲きの桜を配した絵のことを話題にした。いつ見たのか、その作品の美しさが心に消えずに残っていたのだと伝えた。須田は、久々に会う年少の、今は新進作家の不思議に熱を帯びた口調に、はにかんだように答えた。

「そうですか。あれを憶えていてくださっているんですか。そうですか」

そして早口で、その作品が描かれた経緯などを説明してくれた。

井上は自分の昂奮を気恥ずかしく思ったが、それは、須田に言わなければならないのに長く言わなかったことを、たまたま得た機会に一息に言い立てたような熱のこもり具合だった。とはいえ、氏の画業において「遅咲きの桜」が描かれた意味などは、わからないままであった。

もっと話すことがあったのではないか……。

井上が須田に会ったのはそれが最後となった。やはり長く抱いていた「醒めた印象」を感じたものの、その時はある親近感となって迫ってきた。そして後に冷静に考えてみると、「私は氏と顔を合せた瞬間、いっきにまくし立てたが、それは、美術記者でない自分を氏に見せるための心せわしさであったかもしれない。本当に自分が感じていることだけを言う性急さであったかもしれない」。

井上靖は、すでに美術記者ではなかった。そのことを、須田にわかってもらいたかったのである。これまでの自分は、本来ではない自分であるゆえに、面と向かって会えなかった、あのときは、心から感じていることを言えなかったのです、だって美術記者ならこんなことは言わないでしょう、ほら私はもう美術記者ではないのです——。

「美術記者である自分は、本当の自分ではない」

それはどこか、福田記者の心の底にもくすぶる思いだったのではないのか。まして、どうでもいいような人とは違う、ほかならぬ須田と向き合うのであれば、記者でない自分、本当の自分として向き合いたかった。おそらくその感情は、ともに須田国太郎という一個の人間への畏敬の念とつながっていた。井上はそのとき、自分の心に残っていた須田作品のうち、傑作や佳作と言われているものではなしに、瞬時に自分の心にひらめき出てきた作品について画家に語りかけたのだとことさら述べる。「少くとも、それは美術記者としての発言でもなければ、儀礼的な発言でもなかった」と。

もしこのときに偶然、再会することがなければ、井上が須田に本音を伝える機会は一生、なかったはずだ。

「私は氏と一回でも、このような話し方をする機会を持ったことを、いまはよかったと思っている」

記者としては芸術家たちと、このとき須田と交わしたような話し方をすることは稀だったにちがいない。自らも実作者、創作する立場となって得た心もちで語り合えた、しみじみとしたよろこびが感じられてくる。

井上は新聞社を辞めて三年後の昭和二十九年、エッセイ「新聞記者というもの」で、その仕事は「多くは現象を追いかける」ものであり、「今日は価値のある仕事でも、明日になってしまえばなんの価値ももたないものになりかねない」とつづっている。さらに新聞記者は、性質上、「当然自分の立場というものを持っていない」とも。井上はこと美術に関してはそんなふうに臨みつづけたくはなかった。須田との偶然の再会は、はからずもその思いを自身に確認させたのかもしれない。

第二章　一期一会と想像力の飛翔――井上靖を中心に

「誰も持たない美についての微妙な作用ができる天分」――司馬がそう感じた井上靖の資質とはいったいなんだろう。あるいは、なぜ司馬はそのように感じたのか。井上の美術記者としての日々、またその後の美術とのつきあいをたどりながら探ってみたい。

一　創造美術のスクープとその前後

戦時下の美術と向き合う

井上靖は記者になった翌年の昭和十二年（一九三七）九月、日中戦争に応召した。すでに三十歳であった。名古屋の第三師団野砲兵第三連隊輜重（しちょう）兵中隊に属し、中国北部に渡ったが、十一月に脚気（かっけ）にかかり野戦病院に送られた。翌昭和十三年一月に内地に送還、三月に召集が解除され、翌月には職場に復帰している。

そのあと井上を「美術記者向きだとみた」（「井上靖と私」）学芸部の井上吉次郎部長の〝鶴の一声〟で美術を受け持つようになると、岡倉天心が創立した日本美術院主催の日本画公募展で横山大観らが長く君臨した院展、日本画の川端龍子が主催する青龍展、また政府主催の官展である文展ほか、おもに関西で開かれた展覧会評を精力的に執筆した。

当時、日本の美術界はどんなようすだったのか。美術評論家の河北倫明氏によれば、井上記者が担当していた時期は、「ちょうど帝国美術院改組騒ぎの後期に始まり、文化勲章制定時代や新文展時代を経て戦時下に突入し、やがて戦後の新動向が芽を吹こうという時期に至って終っている」とのこと（「井上美術記者とその時代」『井上靖』展図録）。また「その間には、新文展による在野各派の総合があり、その賛否による起伏と動きがあり、また昭和十五年の紀元二六〇〇年奉祝展というこの時期の頂点ともいうべき展覧会があった」。太平洋戦争を前に、美術シーンはなかなか活発な動きを見せていた。

そのような現場の最前線で展評を書く立場を任されれば、少なからず気負いを感じ、学問の裏打ちを求める気持ちが芽生えても不思議ではない。前にもふれたように、昭和十四年に入ると井上は京都大学の大学院に籍をおき、一時的であれ本格的に美学を学んだ。講義をさぼりがちであったとはいえ大学在学中にも指導は受けていた植田寿蔵博士のすすめで、マックス・ドボルシャック（一八七四―一九二一、チェコ出身の美術史家）やアロイス・リーグル（一八五八―一九〇五、オーストリアの美術史家）の本を訳そうと毎晩のように真剣に辞書を引き、「本気で美術評論家になろうと思った」

ことも先に述べた。結局は仕事が多忙になり、戦争も始まったために学問の道は挫折したというが、井上が多少とも学究的な志向をもっていたのは確かだろう。二十八歳のときに学生結婚した妻ふみの父、母方の親戚でもある足立文太郎の背中をみていたことも一因であったと思われる。京大名誉教授であった義父は、解剖学者として憑かれたように学問一筋の生涯を過ごした――そのように井上には映った。何がしかの成果で報われようと報われなかろうと、そんなことは一切おかまいなしに。その姿はひどく印象に残ったという。

美術記者の仕事は太平洋戦争がはじまっても続いた。昭和二十年、戦局が激しくなると、家族を鳥取県の農家に疎開させて自らは大阪に戻り、社内に寝泊まりしながら仕事に勤しんだ。十年以上におよぶ戦争と戦時下での美術記者生活は、井上に何をもたらしたのか。

院展や文展など多くの美術展は、開戦後もしばらくは従来のように開催され、盛況だったようだ。昭和十七年暮れ、「文展は東京でも未曾有の夥しい入場者だったが、関西展の第一日も大した賑いである」と井上の文展評は始まる。いまだ銃後の人びとに美を鑑賞しにでかける余裕があったのだ……いや、とんでもない、

「一般人の美術への関心の今日ほど大きいことはあるまい。この激しい時代を生きる人々が直接魂をゆすぶる美術の持つ大きい愛情を必要とすることは極めて自然なことである」

と筆の勢いは勇ましい。出展される作品にも、戦争を扱った画題や、戦意を鼓舞するプロパガンダ的なテーマが求められるようになっていった。

井上記者の書きぶりは、そういう時代の空気に呼応している。同じ昭和十七年十月の「院展と青

龍展」でも、たとえ統制下の資材調達などが困難であろうと、「世を挙げてあらゆる分野で聖業完遂の強力なる体制が完からんとしている時、美術作品の語る意味もなんらかの形で昨年、一昨年のそれと変っていなければならぬ。この歴史的な時に生きる日本国民としての矜持と意欲が、大東亜戦争下の緊張が当然一枚の画布のどこかに印されていなければならぬだろう」

という調子で、「美術作品のみが持つ、永遠な生命に触れることを曾てないない熾烈さで求めている（民衆に比して）……美術作品の方がそれについて行けない」（「文展評」）と舌鋒鋭い。

昭和十八年一月の「大東亜戦争美術展」では、中村研一《コタバル》や、藤田嗣治の《新嘉坡(シンガポール)最後の日》、宮本三郎《山下・パーシバル会見》など、陸海軍省貸下げの戦争画を「従軍画家の大々的な彩管報国の結実」と高く持ち上げている。いずれも細密かつ生々しく描かれたもので、このような記録画においては「技術の堅実さが強く物をいう」。さらに、これらの作品が新しい芸術誕生の契機になるという意義も認め、讃辞を惜しまない。

他方、記録的筆致がリアルにはたらく戦争画においては洋画に軍配を上げ、日本画は後れをとっていると再三指摘する。同年四月の「陸軍美術展」では、藤田の「私の四十年の画の修業が今年になって何のためにやっていたか明白にわかったような気がする」といった言葉を引いて芸術の啓蒙的役割を支持し、「美術の持つ歴史的運命を徐々に逞しく成育させつつある」「国民を強くする」洋画をほめたたえる一方で、「日本画によってしか表現できぬ素材がある」と、戦争描写において荊(いばら)の道を進む日本画にエールを送る。

一連の記事から、井上は戦時下のマスコミの一員として、美術分野でしかるべき論調を展開していたことが見てとれる。時代に歩調を合わせながら、しかし、河北氏は先の文章で「井上記者の評眼はずっと一貫して光っていた」とその所見が幅広く、後世から見ても正当であったことを指摘する。文芸評論家の福田宏年氏も「絵に対する感覚と鑑賞能力は最初から持ち合わせていた」「(記事で掲げた新進画家のほとんどがのちに大家となっていることからも)一応の注文はつけながらも、その優れた資質を見抜いていた」(「井上文学と美術」)と先見の明を含めて井上の眼を評価している。

展評のほか、「伝統について」「作家の誠実」などの見出しで井上記者は雑誌にもたびたび寄稿し、記事より長い論文調で、いずれも明快な筆運びを披露している。日本画の伝統を考察しながら様式史の基礎をつくった美術史家ヴェルフリンの説を持ち出すなど、専門知識を駆使して説得力をもたせ、フランスの詩人で評論家ヴァレリーや日本文学を論じた波多野完治の「文章心理学」を引き合いに出す固有のセンスをみせる。かと思えば積極的に時代や国家の理念に即した美術のあり方を憂慮するなど、独自の境地を模索しているふうでもある。

何より、一貫して自身の見方を自身の言葉で語るさまは潔い。目を引いたのが日本画家の小倉遊亀を評する記事だ。昭和十三年の院展で話題を呼んだ《浴女》の翌年に出品した《浴女その二》を、「作為が働きすぎ」て「期待外れ」と難じ、昭和十六年の院展評では「モダンな「観世音菩薩」は試みの大胆さも新しさも一応首肯できるが、観音から受ける低俗な感じはどうにもならぬ。若しあのユーモラスな微笑に古代微笑の現代式な解釈を意図してでもいるとしたら大きい誤りだ」と辛口がつづく。個人的な好みや志向に由来するのか、期待ゆえの忠言か――いずれにしても忖度(そんたく)とは無縁である。

また、これらの美術記者時代の文章が最終的に「井上靖全集」に多く収録された事実が象徴するかのように、どの文章をとっても表通りを前向きに歩む「明るさ」を持ち合わせている印象がある。井上の天性の作用であろうか。

ただ、率直にいえば、論文調であれ時局的な内容であれ、そつのない記事を読み進むうちに、かすかな疲れと、どこか物足りない思いがこみあげてくる。「時局解説　美術界の決戦体制」（昭和十八年十一月）において「「決戦文展」と誇称するにふさわしい革新性はどこにも見当らない」など散見される苛立ちの吐露も、滾った熱が共感をさそうわけでなく、よそ事のように心を素通りしてゆく感がある。院展と比べて青龍展の会場で感じる騒音を「芸術的雑音」と呼び、その騒音の中に何物かを期待させるものがある、と表現する感性に目をみはりながら、上手さと勢いが勝った印象が残らなくもない。立場上、時勢に棹さす仮面をかぶり、役割をこなさざるをえなかったためだろうか。少なくとも作家となってから書かれたもの以上に胸を揺さぶられることはなかった。

その点、雑誌への寄稿文は比較的タッチも自由で、何より私感が興味を引く。『美術と趣味』に掲載された「院展私観」（昭和十七年十一月）では、「（いくら時局的な題材や装いが求められる時であっても）一人の芸術家にとって作品を通して語る自己というものは、いかなる時代が来ても本質的には所詮ただ一つのものでしかないであろうし、芸術精神の闇取引でもない限り、それが一朝一夕にそう簡単に変り得るものだとは考えられない」と書く。芸術として生み出すものは、窮極は、時代と切り結んだ自己を表わすものでなければならない――のちの創作につらなる信念を垣間見る気がする。会社や紙名を背負った新聞記事では組織の一員としての役割を果たさねばならないが、一歩そこを出れば、たとえ肩書は変わらなくても、いくらか個人の顔を見せることができたはずで、紙面ではおさえた本音も隠さずに済んだかもしれない。

戦時中、『みつこし』に寄稿した「美術の鑑賞」(昭和十八年六月)では、人びとの熾烈ともいえる美術熱にかかわらず、その要求が満たされていると思えないのは、制作者や作品側の問題だけでなく、「問題になるのは鑑賞の仕方である」と見る側を啓蒙するような論を展開している。「無意識であれ、心に正しい要求を蔵しながら、作品に対する誤まれる対い方のために、何ものをも得ない多くの人がある」と。そして、「(現代人の病弊である)頭脳の糧でなく、教養の仕入れでなく、直接精神の糧とするような美術作品に対する対い方こそ大切」「知識は一切忘れて、その作品の内から響いてくる言葉に無心に耳を傾けねばならない。作品の持つ大きい生命に自分を没入させ、自分の精神に、この時代を生きるために必要な何物かを附加することこそ、正しい鑑賞態度であろう」――やや教訓調のきらいはあるが、もっともな説で、司馬が「裸眼で」で言いたかったこととも重なろう。ただしここにはいわば自己反省は見られず、てらいのない自信さえ読みとれる。

昭和二十年四月、学芸欄がなくなり社会部勤務となった井上は、デスクに回った。しかし従来の社会部デスクがいるわけで、実際は遊軍記者のような待機身分であったという。手持ち無沙汰のこの時期、四日に一度回ってくる宿直日には、警戒警報で地下への待避を繰り返すかたわら、デスクをつとめながら詩を書くようになった。蔵相の関西視察などの取材をすることもあったが、どれも

「たいして意味もない原稿」であったと振り返る。与えられた役割を果たしながらも、戦争末期の、暗く「全く希望というもののない慌しいだけの」時期、もはや自己を表現することにしか価値を見出せなくなりつつあった。しかし、こうした戦争時代のことが強く心に刻まれているのは、「すべてが何の役にも立たぬ無意味なことで組立てられていたからであろう」とも回想する。矛盾するようで、非日常をどこか傍観していた一記者の心のありさまには妙にうなずけてしまう。

終戦の日には「玉音ラジオに拝して」というトップ記事を書いている。

――十五日正午、それはわれわれが否三千年の歴史がはじめて聞く思いの「君が代」の奏でだった。

――日本歴史未曾有のきびしい一点にわれわれはまぎれもなく二本の足で立ってはいたが、それすらも押し包む皇恩の偉大さ。

――一億団結して己が職場を守り、皇国再建へ新発足すること、これが日本臣民の道である。

われわれは今日も明日も筆をとる！

立場に従順、かつ詩才をも発揮した筆運びといえようか。記者が数えるほどしかいなかったこの日、紙面を埋めるために街のようすを扱った記事も二本書いたという。「十年間、勝手な勤め方をして、遊ばせて貰った新聞社なので、それに対するお礼のようなつもりで、今日は働かせて貰おう、そんな気持だった」。

自己表現への渇望

戦争が終わり、井上は昭和二十年十一月、学芸部に復帰する。三十八歳となっていた。「新聞記者として大成する見込みはなかったし、——と言うよりも、かりに大成したとしても、それに満足するであろうとは思われない、そういう自分を客観視できる年齢になっていた」（『私の履歴書』）というのは、不惑の年に近い本音であったろう。「終戦と同時に、私は堪まらなく自分を表現したくなっていた」。そして毎晩のように机に向かって、やたらと詩を書いた。ほとんどが文章を連ねてゆく長い散文詩で、昭和二十二、三年にかけて約三十篇が書かれた。「渇したものが水を求めるように、私はものを書きたくなっていたのである」。

「おりた」気分は一層強まったであろうが、「月給を貰っている以上、自分の仕事ばかりしているわけには行かなかった」。戦後一年をへて『余情』（昭和二十一年十一月）に寄稿した、戦時下の美術界を総括するような「美術断想」は興味深い。「大東亜戦争下、戦争画は大々的な企画のもとに制作されたが明治の幼く貧しい戦争画の、あの切ない美しさに勝る幾つの作品があったであろうか」と、戦時下に自身がいくらか讃美的、あるいは鼓舞するような記事を書いていたのだが、冷静にふりかえればそのように結論せざるを得なかったということか。「少数の例外はあるとしても、大多数の芸術家は、あの苛酷な暗い時代から芸術家としての自己にプラスする何ものをも得ていない」「何かを得ているというような甘い幻影は、この新しい出発に際して、一応はっきりと払い落さねばなるまい」と厳しく断じている。陰惨な時代を生き抜けるために、芸術家が自らを他と峻別する要素は脱ぎ棄てねばならなかったとし、「芸術家は芸術家たることを放棄することによってのみ初めて生を完うし得た」と述べる。「芸術する上に絶対に必要な、あのきびしい精神の姿勢、あらゆる低俗と卑俗へのたゆまぬ闘い、そうした一口にいえば芸術精神のゆるぎなき把持ということは、あの時代に容易なことではこれを完うすることは出来なかった」と。同じことは新聞記者にもいえるのだと、もしかしたら暗に語ってはいないだろうか。自己を埋没しなければサバイバルできない時代、与えられた肩書。これらは、井上にとっても生きづらさをもたらす拘束であったかもしれない。続いて、少し唐突に永井荷風の『罹災日録』が引用される。荷風は「自らが生きんがために為す世俗的な行為に対して「吾も亦心卑しきものになり果てたるものなり」と、反省し、述懐している」と井上は述べ、戦時下の状況は荷風ばかりでなくすべての芸術家に免れ得ぬ運命だったが、「ただ戦時中自己を反省し、いたましい述懐を敢てしたのが永井荷風であり、闘争生活から何かを得たと考えるのが、凡庸芸術家なのである。この両者の間にはなんと大きい隔りがあることであろう」と書く。戦時下の芸術を全否定するかのような厳しさで、井上は自身の仕事を省み、この時点でいずれ遠くない美術記者との決別を思い定めたのかもしれない。ただし進むのは評論家や研究者への道ではなかった。

　井上が記者生活のかたわら大学院に籍をおいてまで美学を学び、本気で目指した美術評論家への道をなぜ断念したのだろう。調べて書くことは楽しかった。しかし「論文」という形が性に合ったかどうか。仕事が忙しくなったため、戦争のため、といった理由を本人は挙げているが、詩を書くなかで研究成果を論じる美術との向き合い方への飽きたらなさ、あるいは気質に合わないことに気づいたのではないか。義父の足立文太郎の研究対象へのストイックな打ち込みぶりに、「学者というものはまさにかくあるべきだという思いに何回打たれたかわからない」（「私の自己形成史」）と述べており、だからこそ自ら進む道ではないと感じたのかもしれない。小説を書き出した時、文学以外のものを切り捨てようとしたものの「美術だけは捨てることができなかった」、その裏返しのように、「美術の専門家」になるために美術以外のすべてを捨てることは無理だと考えたのかもしれない。戦争が終わるとともにジャーナリストとして報道的な文章を書くことにも満足できなくなっていた井上に残された道は、創作であった。ただし一時的でも学究生活の経験は、記者生活のそれと同様、のちに小説の登場人物の造形に生かされることとなる。

戦後三年半、「狐に化されたような」「ものの怪に憑かれたような」時期に井上は、竹中郁や足立巻一といった〝同類〟たちと、詩の同人誌『きりん』を創刊している。彼らも「やはり正常ではなかった。狐に化されているか、ものの怪に憑かれているか、でなければ多少為体の知れぬ病気に罹って発熱していた」。同人たちは、自身の映し鏡でもあった。『きりん』には安西冬衛や小野十三郎らが加わり、挿画や表紙では一線の画家たちが応援してくれた。そこには、ずっと後に司馬の『街道をゆく』に伴走する若き須田剋太がいた。井上は、新聞紙面では昭和二十一年の日展評において、「須田剋太「東大寺」は何かはげしく自己を語ろうとしてはいるが、対象はとくに成功しているとはいいえない」とややもどかしげな一文で須田作品に触れている。

昭和二十一年の中ごろから、井上は小説の構想を立てはじめていた。京大時代に長篇時代物「流転」で第一回千葉亀雄賞を受けて以来、十年ぶりであった。このときの気分は、「ペルシャの絨毯のような、いろいろな色の糸で織りなした」「全くの作りごとの、楽しく、贅沢な感じのする作品を書きたかった」というものであった。四十を前にして、「青年期から壮年期へかけての、人間の一生で一番大切な時期を、暗い戦争の中に埋めていたので、その反動であったかも知れない」。こうして二十二年に「闘牛」、翌年に「猟銃」が書かれたのである。

話はそれるが、やはりのちに小説家となる山崎豊子が昭和二十年、学芸部で部下となった。山崎によれば井上は文章に厳しい上司であったらしい。書くのが遅い山崎に、井上が「報道は向いていないから」と企画ものを勧めると、山崎は「昭和女工哀史」などを執筆して力を発揮したという。人をみて能力と意欲を引き出すよき上司であったともいえるし、山崎の才能と資質を自身と重ね合わせていたかもしれない。人間は生涯に一つは小説が書ける、自分の家のことを正直に真実に書けば、という井上の助言で昭和三十二年、生家の老舗昆布商を描いた「暖簾」が山崎のデビュー作となった。翌年「花のれん」で直木賞を受賞、新聞社を退社して作家となる。後年、山崎は「今の私があるのは井上さんのおかげ」と語っている。

爽快なスクープ

昭和二十三年一月、なお記者生活を続けていた井上は「創造美術」誕生のスクープをものにする。首都圏と関西で活動をしていた中堅の日本画家たちが、官展を離脱して新団体「創造美術」として決起したのだが、前年秋にその情報を得ていた井上は、同僚とともにいち早く記事にしたのである。

関西の動きの中心となっていたのが上村松篁——松園の長男であった。日ごろから懇意にしていた井上が事実確認のため訪ねると、松篁は「いま書かれると困る」と思いとどまるよう頼み、「発表してもいい段階になったらすぐに知らせる」と約束した。まもなく他社に先んじて紙面を飾った結成のニュースは、戦後の文化記事ではもっとも大きなスクープといわれた。結果、松篁やその周辺は一時たいへんな事態になったとはいえ、団体結成は急速に早まった。井上は直後の一月二十四日付で「日本画新団体の結成」という社説を綴っている。後年、「私の美術記者時代の最も爽快な思い出の一つである」(『私の履歴書』)と書いており、新聞記者にとって特ダネというのは、「おりた」つもりであっても心おどる体験であったに違いない。井上は約束を守ってくれた上村松篁への感謝の思いをずっと持ちつづけた。

河北倫明氏は「この東京と京都の有力若手作家が呼応して旗をあげた新日本画運動は、今となって回顧すると、戦後の美術界の動きの中でもいちばん中味の濃い意義深いものであった。ある意味ではその後の日本芸術の動向を本質的な意味で総括先取りした動きだったともいえる。このとき井上美術記者は京都側作家の裏側にあって、いわば応援団の役目を果していたわけである」(「井上美術記者とその時代」前掲図録)と、単なるスクープにとどまらない美術史上での意味をそこに見ている。奇しくもそれは、作家・井上靖が担うべき運命であったかのように。

同年末、東京本社の出版局へ移るとともに狐憑きの時期は終わりを告げた。井上の創作活動は本格化し、昭和二十五年には「闘牛」で芥川賞を受賞する(このとき同時に「猟銃」も候補作にノミネートされた）。暗い戦時下体験がもたらした〝成果〟ともいえるその道すじの初期に、「漆胡樽（しっこそん）」「玉碗記」という注目すべき短篇がある。「漆胡樽」は、昭和二十一年八月の正倉院展で目にした異様な器物の、二千年におよぶ来歴に強く惹かれたことが動機となって、昭和二十五年四月に発表された。芥川賞を受けた直後で、まだ在社中のことである。退社した直後の昭和二十六年十月に発表された「玉碗記」は、前年十月、大阪毎日新聞本社で開かれた石田茂作氏の「西琳寺と飛鳥文化」講演会場に、一市民から鑑定してほしいと正倉院御物そっくりの玻璃碗が持ち込まれたことがきっかけとなった。二つの玉碗は同じものとわかり、対照調査の経緯などが話題を呼ぶ。新聞社経由でさまざまな情報を入手した井上は、二つの碗が長い来歴を経て再会する運命に想を得て小説に仕立てたのである。さらに、そのすぐ後に発表された「ある偽作家の生涯」（後述）は、美術記者時代に出会ってから数年間、「親しいのか、親しくないのか判らぬ妙な関係を持ち続け」て昭和二十年に没した日本画家、橋本関雪の偽作を描いていた実在の人物をモデルに書いた小説である。いずれも記者の経験があってこそ結実した作品にほかならない。

井上靖の「天分」

戦争前後の井上靖をおもに美術との関係でみてくると、戦後八年めに美術記者となった司馬遼太郎が、戦時下の美術界に対峙せずに済んだのは幸いであったかもしれない。「裸眼で」に縷々（るる）綴られた、書物から理論を頭に詰め込み、作品からの純粋な感動をほとんど得ることなく過ごした美術記者時代の忸怩（じくじ）たる体験は、これが戦時体制下のことであったなら、また別の苦しみをともない、さらに激しい吐露となったかもしれない。

司馬は井上が単身上京した昭和二十三年に産経新聞社に入社、井上の芥川賞受賞の三年後、大阪で美術記者となった。初対面の昭和三十六年までに、井上の美術評論を二、三読んだことがあった、と書いているが、それが意識してわざわざ目を通した署名記事であったのか、または小説家となった井上の文章であったのかはわからない。ただ後者の可能性が高いだろう。井上は退社直前にそのものずばり「美術記者」というエッセイを雑誌に書いているが、作家となってからも美術にかかわる寄稿の依頼は少なくなかったと思われるからである。実際、井上靖は生涯に膨大な美術エッセイや美術評論を残した。昭和三十六年以前に限っても、アンリ・ルソー、イタリア現代彫刻、ゴヤなどについて書いており、三十五年七月には、古巣の毎日新聞社からローマ・オリンピックに特派された後、ヨーロッパ各地を回って十一月に帰国、その際、旺盛に見て回った美術品についてもたびたび文章にしている。多くの新聞雑誌を通覧していた福田記者の目にとまった可能性は高いはずだ。そこではダ・ヴィンチやグレコなど、評価が確立している巨匠にも筆が及んでおり、それらへの独自の見方や表現が司馬の興味をひいたのかもしれない。記者時代の筆致とは確かに異なり、井上はそこでは個人の好みをさらけ出し、自由に想像を羽ばたかせている。たとえば好きなグレコの作品を目にして「女の裸体が静かに鳴っている」（「天分」）と強く惹かれながら、プラド美術館でいったんゴヤに魅了されるや、「同行の毎日新聞パリ支局長の角田明夫妻が呆れる程、私はゴヤの作品のことばかりを喋りまくった」「ゴヤは何ものにも酔えない本当の意味での虚無主義者であったに違いない」（「ゴヤについて」）という具合に、熱中のあまり饒舌になってしまうのであった。

ヨーロッパの旅から十年以上を経て、井上はゴヤの群像《カルロス四世の家族》に登場する人物たちについて想像を駆使した「物語」を書いた。研究者には書けない大胆で独創的な筆運びが際立つ一篇である。司馬のいう井上の「誰も持たない美についての微妙な作用ができる天分」はこのような仕事と関係するのではないか。

二　惚れこみと物語化——ゴヤへの熱中

井上靖は五十三歳のときのヨーロッパ訪問で、ゴヤの虜（とりこ）になった。

昭和三十五年（一九六〇）七月、ローマ・オリンピックに古巣の毎日新聞社から特派されるかたちで四カ月にわたって欧米各地を回り、スペインのマドリッドではプラド美術館を訪れた。立場は、小説家であると同時に、オリンピックのレポーターでもある。取材記者の経験が自ずと思い出されたのではなかろうか。といっても、美術に関しては個人的な旅行者であった。

プラド美術館はグレコ、ヴェラスケス、ゴヤという三巨匠の名品を堪能できる大美術館で、そもそも井上が期待していたのはグレコの作品であったという。グレコの新しさに興味をもち、実物を見なければその独自な色彩を理解することはできない、と信じていた。

しかし実際に展示室に足を踏み入れてみると、ゴヤの作品に、他二人の作品に対するのとは全く異なった気持ちで惹かれてしまった。

ゴヤについて井上は、「何ものにも酔えない本当の意味での虚無主義者であったに違いない」と評したことは先にもふれたが、「画家としての偉大さは、そうしたところに根差している無比の冷酷さで物を見ている点」と述べる。《着衣のマハ》《裸体のマハ》に見るように、愛人さえも、「血の通った女が、その内面に持っているものを、美しすぎることもなく、醜くすぎることもなく」（以上「ゴヤについて」）描き出すゴヤ。人の「悪魔」の部分も「神」の部分も冷静にえぐりだし表現する、そこが「画家でも、評論家でもない、一人の小説家としての」（「カルロス四世の家族」）井上にはこたえられなかった。真のリアリストぶりに強く惹きつけられたのだ。

《カルロス四世の家族》との邂逅

なかでも最大の刺激を得たのが、一八〇〇年、画家が五十四歳のときに描いた二八〇×三三六センチという大画面の集団肖像画《カルロス四世の家族》であった。出会いを井上はこう述懐する。「私にとってはかなり決定的なものであった。美術作品に対する向かい方ではなかった。私は自分もまた小説で、このようなものを書きたいといったそんな感動の仕方であった」

十日間ほどの短いスペインの旅において、井上はずっとゴヤに、《カルロス四世の家族》に熱をあげ、夕食時の話題に一度は必ずゴヤが出たという。

「ゴヤは一八〇〇年まで生きてきた過去を背負っている人物を、一八〇〇年の時点において捉えているのである。未来は、ゴヤの関知するところではない」「制作者としてのゴヤは、画面に登場する人物の過去には責任を持つが、その未来にはいかなる責任を持つべき謂われもない」

しかし、「ゴヤは、その登場人物の運命まで描いてしまった」。意図せず、「未来に対しても責任を持ってしまった」「ゴヤ以外に、誰も曾ての日のスペインの栄光と権勢を、このようには描き得なかったと思う。歴史家も、文学者も、誰もこのようにはやれなかった」。

ゴヤはその内包する亡びの予感をも描いてしまった——。

肖像でありながら、その人たちの持つ運命のドラマをゴヤはキャンバスに刻印し、その〝真実〟は後から証明された。井上にとって、肖像画が歴史画になってしまった稀な大作だったのである。

想像力の飛翔

《カルロス四世の家族》に想を得て、井上はおそらくそれまで誰も書かなかった文章を書いた。登場する実在の人物それぞれについて、史実における境遇を踏まえ、描かれた相貌や表情を読みとり、心理状態にまで踏み込んで想像を羽ばたかせた「創作的」作品を。

たとえばこんな具合である。まず、ゴヤに集団肖像画を描かせるという国王カルロス四世の提案を、中央に立つ王妃マリア・ルイーサは当初は迷った。王にしてみれば、何事も「男まさり」の彼女の同意を得なければ事は運ばないのだが、彼女は彼女で、それが危険を冒すことになるのは目に見えていた。というのは、夫の寵臣である宰相ゴドイと愛人関係にあることが宮廷内や国民にどれだけ知れわたっているかが問題だったからだ。ただ、夫の子でない幼い王女と王子を一幅の絵の中に立たせておくことが将来は有利に働くと思われたし、以前ゴヤに描かせた自分の肖像画が若々しくて美しく、スペイン随一の女性権力者としてキャンバスの上に自身をとどめておくのも悪くない、

フランシスコ・デ・ゴヤ《カルロス4世の家族》
1800年　プラド美術館蔵

そう考えて承諾したのであった。

実際、画面でマリア・ルイーサは「恰(あたか)もこれだけは誰の手にも委ねない、自分だけのものであるというように、幼い王女の方は抱き寄せるようにし、幼い王子の方はその手を優しくとっている」、これに比べてカルロス四世はそこから弾き出されている。「自分は中央にでんと構えていたいのであるが、何となく妃、王子、王女のひと固まりの中には入れて貰えず、中央から少し右手よりに立たなければならぬことになってしまった」。だから「多少の不満はあるが、まあ、ここで我慢していよう」といった恰好で。そして妃とカルロス四世の間の背後に不自然にあいている空間は、〝ここはこの幼い者たちの父親ゴドイが立つ場所です。近寄ってはなりませぬ〟と心の中で妃が夫に言っているかのようである、と書きながら、こう付け足している、「そういうことを言っているのは、実は妃ではなくて、ゴヤであったかも知れない」。

さらに妃は完成した絵を見たとき「すんでのところであっと声をあげるところだった」と見てきたかのように書く理由は、前作と大いに異なり、気品のない我執と権勢欲をあらわにした自身の肖像を目にした驚きゆえであった。が、ほどなくそれは諦めに変わる――。

　なんとも手の込んだ苦笑さえ誘う絵画の読みは、この後も各人物について続く。また興味深い推測は〝知られざるレディ〟として正体がわかっていない横顔の女性にもおよぶ。

「小説家のわがままな申出を聞いて貰えるなら、筆者は彼女を第一王女カルロータ・ホアキーナとしたい」としたうえで、「気難しい」彼女の思いを以下のように代弁する。

〝わたしだけはこうした家族の一員として描かれることはごめんです。本当は描かれたくないの。家族全員を描くというので、自分だけ欠けるわけにはゆかないから、不本意ながら並ぶだけは並びますが、承知していて下さいよ、わたしは横を向いていますから〟

　他にも、十八歳の第三王女ドーニャ・マリア・ルイーサ・ホセフィーナについては、夫で二十七歳のパルマ公ドン・ルイスとの間にできた生後ひと月のカルロス・ルイス王子を抱いているが、いつも家族全員に文句をつけたくなっている、と推測する。のほほんと育って妻の実家に頭のあがらない夫は頼りにならず、王子は父親のようには育てまいと思っており、我が母親は評判悪く、父親はお人よし、青衣の弟王子は周囲の朝臣から入れ知恵されて激情しやすく、孤独に育った赤衣の弟王子はいじけがちである。

「親が親だと、子も子だと言うが、まことにその通りだと思う。こんな弟たちにスペイン・ブルボン家は任せられない気持である。母親が年齢(とし)をとってから生んだ幼い妹と弟に到っては言語道断である。二人とも揃いも揃って、なんと可愛げのないこまっしゃくれた顔をしていることだろう。やはり世の噂通り宰相ゴドイの血を持っていると見るほかはない」

歴史小説か家族小説を読んでいるようである。

歴史と絵画

この絵が描かれてから数十年のうちに、登場している人物はすべて大きな歴史の風波に揺られることとなった。カルロス四世と妃マリア・ルイーサは、フランス皇帝ナポレオン一世の介入を招いたことにより一八〇八年に王位を奪われて一九年にローマで失意のうちに没し、その二年前には妃の弟といわれるドン・アントニオ・パスクアルも亡くなっている。十七歳だった青衣のアストゥリアス公フェルナンド七世は一八三三年に四十九歳で没。逆に赤衣の第二王子カルロス・マリア・イシードロは兄と争いながら六十七歳まで生きた。

画面の左奥の暗がりにちらりと顔を見せているゴヤ自身は、一八二八年に八十二歳で没している。自身が描いた十三人のうち六人の運命を見届けたが、「無心な幼い王子や王女たちは、それぞれ、ゴヤとは無関係に、自分の運命に従って生きた」。肖像を描く人物の運命までも描いてしまった画家が、井上にもたらしたものの大きさを思う。ゴヤのリアリズムが比類のないほど透徹したものであったがゆえに、小説家の想像は無限に羽ばたき得たのではないか。

「旅から帰って二、三年の間、私はゴヤが一八〇〇年の春に離宮アランフェスの一室に集めた十三人の登場人物を、そこからどのように動き出させようかと、そんな思いに捉われていた」

これほどの熱量をともなった入れ込みが、肩書などの立ち位置を超えて井上に類なき道を歩ませたように思えてくる。

一九七三年から七五年にかけて中央公論社が刊行した『世界の名画』全二十四巻で井上とともに編集委員を務めた美術評論家の高階秀爾氏は、井上の「ゴヤ熱」の恩恵をこうむった一人である。編集会議で同席するたびに、井上は旅先で接した美術品について具体的に眼に浮かぶように描写したというが、とりわけ「ゴヤの作品について、繰り返し語られるのが印象的であった」と述べている（「井上靖と美術」『井上靖』展図録）。そして「「〈カルロス四世の家族〉について」と題するあの見事なエッセイ」について、次のように評している。

「「一人の小説家として」作品に対面する時、井上さんのなかで、作品に触発されて、自由な想像力が働き始める。ゴヤの画面に描き出された一人一人の人物の心のなかにまで入り込み、その複雑な感情の動きや内心の葛藤までえぐり出して見せるのである。つまりそこで、エッセイは一篇の物語となる。井上さんの美術論の面白さは、まさしくその点にあると言ってよいであろう」

また「画家でも、評論家でもない、一人の小説家としての私」と井上が書いたのを「作家の信条表明」と位置づけ、井上の美術への向き合い方について重要な点を指摘するのである。

「と言って、井上さんは、物語を作るために美術品と接しているわけではない。仏像であれ、玉碗であれ、あるいはまた大構図の集団肖像画であれ、美術品を前にした時の井上さんの態度は、まずまったく無心な、純粋な美の享受者としてのそれである」

そして言う、「井上さんにとっては、美との出会いは、一期一会である」と。何度それを見たとしても、井上にはそのときが一期一会であり、今よりない、「運命的」なものなのである。そう思い定めた覚悟があるからこそ、「井上さんの美術論が、捉え難い美をなんとかそっくり生捕りにしようという細心の手続きによって組立てられていながら、そこにいつも張りつめたような緊張感がみなぎっている」。膝を打つ思いがする。

ところで司馬は、「小品ながら香気の高い随想」として井上の「カルロス四世の家族」に言及している（「年譜を見つつ」）。井上がゴヤの名作を前にしたとき、「感動は絵画の空間を越えてしまった」という一節を引用しながら、「画家ゴヤの人間と運命への凝視に文学を感じてしまったのである」とのべ、井上がゴヤの名画を「一ミリグラムの夾雑物ものこさず文学として翻訳、もしくは再創作しきった」と評する。

美術における司馬のキーワードともいえる「文学」については後にふれるが、いずれにしろ司馬は承知している。美学を本格的に学んだ井上が、セザンヌ以後の近代絵画理論を知らないはずはないことを。そのうえで、そんなことは井上にとって「なにほどもない」ことも。そして「自分自身の感受性がはげしく感光したときには、それらの雑論はあぶの飛ぶ羽音ほどにも感じない」「ゴヤにおいてただならぬ文学者を発見したという意味で、ゴヤは「カルロス四世の家族」以後、百数十年後に真の理解者を得た」と評するのである。井上の「誰も持たない美についての微妙な作用」をここでも発見し確認することで、司馬ならではの〝井上靖物語〟が花開いたかのようである。

前兆としての「信貴山縁起絵巻」語り

「カルロス四世の家族」の前触れのような文章を、井上はその一年少し前に綴っている。「「信貴

《信貴山縁起絵巻》より《山崎長者巻》部分
国宝　平安時代　奈良・朝護孫子寺蔵

山縁起絵巻」第一巻を観る」（『国宝信貴山縁起絵巻』解説）がそれである。《信貴山縁起絵巻》は平安末期に描かれた説話絵巻で、三巻に分かれているが、井上はそのうち最初の《山崎長者巻》を取り上げ、絵巻の由来や不明点など諸々の「問題はすべて専門家に任せて」「私なりの見方で」、一片の小説のような物語を展開している。というのも、この上巻のみ、説明文である詞書を欠いており、「困ることもあるが、その反面、物語を絵巻に描かれていることだけに頼って読んで行くという面白さもある」とまさにおあつらえむきの対象なのだった。

別名《飛倉の巻》と呼ばれるように、長者の館にある校倉造りの倉が突如ぐらぐら揺れだすという驚きの場面から始まるこの絵巻は、多数の登場人物が躍動的かつ表情豊かに描かれている。井上はここぞとばかりに想像力を自在に働かせ、異変の起こる前に訪問者である赤鼻の老僧が酒の振る舞いを受けていたと語るのである。侍僧である小僧は「口やかましい老僧の傍に侍って退屈していた。いつまで経っても酒は終りそうもない。老僧の酒が終らないうちは、自分も飯にありつけないのである。いい加減退屈しているところに、まるで小僧を老僧の手許から解放するためでもあるかのように、突如として驚天動地の大異変は起ったのである」。どうしたらこのような発想にゆきつくのであろうか、なかば呆気にとられているうちに、楽しげに物語られた気分が伝染してくる。

やがて倉に収めてあった鉢が浮き上がった倉をのせて信貴山の方へ飛び去ってしまう。下僕や妻女も老僧たちもあわてふためいて裏口の方へと走り出すなか、主人の長者は多少落ち着いてみえる。なぜなら異変の原因に気づいていたからである。「いつも信貴山から飛んでくる金色の鉢に供物をのせて返してやっていたが、この日はそれを怠り、しかも鉢を倉の中に置き忘れてきてしまったのである」、だから異変の直後に鉢のことを思い出したが、「もう遅かった。手遅れだった。鉢が飛んでくることもふしぎで、初めは不気味だったが、余り度々やってくるので、それに慣れてしまい、ふしぎというより、鉢が厚かましい横着なものに見えるようになっていた。そしてつい、鉢を粗略に取り扱ってしまったのである」……。ほんまかいな、と突っ込みたくなるいきさつが大真面目に説かれ、そうそうお目にかかれない井上のユーモアに出会えた嬉しさもこみあげる。

話は翌日に及ぶ。長者をはじめ男たちは信貴山の方へ飛んで行く倉を追いかけたままだが、一人引き返した従者が長者宅に辿り着いてみると、なんと廂(ひさし)の間で、例の赤鼻の老僧が童女に読み書きを教えている。帰らなかった理由を訊ねると、怯えきった女たちにせがまれて留まったというのだ。老僧は従者を見て訊ねた、

「どうした?」

「どうしたも、こうしたもない。倉は信貴山の方に飛んで行ってしまいましたが」
「なに、信貴山へだと？　仔細に話せ」

というわけで、なりゆきをきいた老僧が文字に書き留めたというわけである。他にも米俵の動きなどさまざまな不思議に関する井上流の解釈がその場で見たかのように記されて「解説」は終わっており、あきらかに「カルロス四世の家族」で発揮された手法につながっている。「独断的な解釈もあるかも知れないし誤っているところもあるかも知れない。この絵巻の作者（鳥羽僧正とされるが確定されていない・引用者註）が生きていたら、思い違いも甚しいと文句を言ってくるかも知れない」。だが、自由な解釈を促すのも絵巻であり、ならば自分はまんまと作者にのせられたことになる、と寛やかな態度で、読者にもそれぞれの見方を勧めている。誰よりももっともそれを望んでいるのが絵巻の作者であると――これは小説家である自身の思いを表現したのでもあろうか。

井上は、後にも述べるが、ダ・ヴィンチの《受胎告知》など、美術作品を題材にして少なからず詩をつくっている。また「玉碗記」「漆胡樽」といった初期の短篇から、のちにふれる晩年の「石濤」にいたるまで、美術品を、司馬の言葉を借りれば〝再創作〟していく試みをつづけたのである。二人がともに憧れつづけた西域への旅や、現地での美との出会いと表現を眺めながら、その周辺をさらに追ってみたい。

三　西域の旅――シルクロードにて

悪魔的ななにか

「あの壁画のなかに描かれた事実だけをひろっていっても、貴重な風俗資料です。各時代の楽器の研究もできるし、化粧の研究もできる。服飾の研究もできるし、舞踊の研究もできる。風俗史研究のたくさんの材料が詰まっています。またもっと本格的な少数民族の歴史の新しい考察も、あの壁画のなかから引き出せるに違いない。ともかく、いろんなものが入っている」

「とくに当時のさまざまな少数民族が視覚的にわかるし、インド人の服装なども、よくわかりますね」

「莫高窟(ばっこうくつ)を美術史のうえから見ても、四世紀にはじまって、十六国、北魏、西魏、北周、隋、初唐、盛唐、中唐、晩唐、五代、宋、西夏、元、清と千年にわたって、それぞれの時代の特色ある美術の流れが、とにかく、そこに展示されてある」

「塑像のほうは、いかがですか」

「塑像もおもしろいですが、やはり研究すべきものがいっぱい詰まっているのは、なんといっても壁画だと思います。もちろん塑像を見ていって、敦煌(とんこう)の彫刻史を研究することもできますが、壁画は、もっとおもしろい。戦闘の場面もあるし、結婚式のスケッチもあるし、ラブシーンまでありますからね」

「ははあ、学者だけでなく小説家も参加できるなあ（笑）」

（「敦煌への旅」『西域をゆく』）

どうであろう、この高揚ぶり。横溢する熱気や昂奮が伝わってくる。発言の主は、冒頭が井上靖、それに応じながら最後に笑うのが司馬遼太郎である。

一九七五年五月と七七年八月の二回、井上と司馬は中国の旅に同行している。七五年は日中文化交流協会による訪中作家団の団長を六十八歳の井上がつとめ、水上勉、庄野潤三、小田切進ら「気のおけない仲間に加えてもらっ」た司馬を入れて二十日間の旅であった。その際、西安で大雁塔に登った司馬は「玄奘が通った西域の流沙の地や、オアシスの国々の跡へ行ってみたい」という思いを強くした。

はやくも二年後、願いは実現する。二人のほか作曲家の團伊玖磨や日本画家の東山魁夷らが同行した二十日間の旅で、おもに新疆ウイグル自治区を歩いた。そして翌一九七八年八月、二人はシルクロードの旅をテーマにした対談を中心に『西域をゆく』としてまとめた。なおその直前の五月、冒頭の対話にもあるように井上は念願であった敦煌莫高窟への初訪問も果たしている。

同行した旅において、「井上さんはただ一つの主題のもとでしか呼吸していなかった」と司馬は同書のあとがきで述べている。その主題をあえて説明すれば、「この作家にとって現代よりも一層になまの人間を感じさせるある時代の西域の、そこに生死した男どもや女たちを肉眼で見たいということであったろう。路肩で長い時間、首をかしげているときもあったし、自動車で長時間移動するときも、移動するだけで体力がやっとというのに、同行した中国の人に質問しつづけたということも、この主題下でのほとんど憑依的とさえいえる行動の一つであった。ウルムチの博物館では、私は見学半ばで疲れた。が、井上さんは殉葬された女性の遺物が展示された箇所で動かなくなっていた」。井上の憑依ぶりを述懐する司馬の観察と描写も相当なものである。

また井上は「ホータンでは土地の人々が、そこはすでに沙漠です、とても行けません、といっていた場所へ突進するようにして行ってしまった」という。同書中、東洋史学者の藤枝晃氏と考古学者の樋口隆康氏をまじえた座談会「西域を語る」においても、そのときの情景を司馬は語っている。「そこから帰ってこられた時の雰囲気というものは、ちょっと異様なものでしたね。同行した日本人の話を聞くと、とにかく井上先生には、びっくりしましたというのです」。というのも、沙漠の一画でジープが止まると、彼方に城壁が続いているのを見た井上は、その土地のカメラを持っている新聞記者に「景色を写してくれ」と頼み、ジープを飛びおりるときさらに念押しをして、ビューッと走っていったという。「そのときは、やはり魔物のような感じがしたということでしたね」。沙漠での井上は人間の様相を超えていた。

あとがきでさらに続く井上評が、また興味深い。

「このことは、情熱というような手垢のついた言葉では決してとらえられない。井上さんは、いわゆる情熱家の範疇には入りにくい。強いていえば氏の像の中に半ばできあがっている山河があるらしい。城市もあり、そこに住む市民たちもいる。それをよりあざやかな景観にしたいということもあるが、それ以上の欲望としてかれらと町角で擦れちがってみたいという衝動があり、ときにふりかえって話しかけてみようともしている。こういう衝動の多発——悪魔的ななにか——に体が刻々ひきずられているとしかおもえなかった。

人の世にはこういうひともいるのだ、という驚きがたえず私の側にあり、ついに西域では、「西域」を見ている井上さんを見ることのほうが自然な重要さがあるようにさえ思えた」

井上靖の衝動や行為は、どうみても尋常ではなかったらしい。後にみる河井寛次郎との出会いにしても、これと思い定めた対象に突進するようにのめりこんでゆく性向が井上には確かにあるようだ。それにしても、西域の井上靖を司馬以外のだれもこのように表わすことはできないであろう。

「人間というのは、結局人間を見るのが好きだということですね。……人間なんです、おもしろいのは」（「上方花舞台」）と語るように、司馬はつねに人間への関心に憑かれていた。アンテナに引っかかった人間をとことん観察する。そしてそれを、自分に引き込んで表現せずにおれない人であった。

小説家が見た莫高窟

冒頭の対談で、司馬が興奮する井上に応じて述べた一言、

「ははあ、学者だけでなく小説家も参加できるなあ（笑）」

これは無意識の相槌であったかもしれないが、深読みの誘惑にかられる。

二人はすでに記者ではない、かといって学者でもない。井上がここで「研究」というのは、純粋

に学問的な意味はあっても、そこにとどまってはいない。「結婚式のスケッチ」「ラブシーン」など発言の端々に、想像力がうごめき出している。

莫高窟にある騎馬行列を描いた《張議潮出行図》やその他の壁画について交わされた対話にしても、小説家二人のそれぞれの立ち位置を彷彿とさせて興味深い。沙州敦煌の土豪だった張議潮は吐蕃(とばん)から敦煌一帯を回復、その成功を唐に報告するために十隊の使節を長安へと出発させた。そのうち一隊が唐に辿り着いたため功績を認められて沙州防禦使に任ぜられる。張議潮は唐に到達した使者の一人の像を造って収めたが、その窟から古文書が出た……というように絵は史実にもとづいて描かれており、そういった経緯が話題となると、司馬は、

「いいなあ。ひからびた歴史が目の前で動いている」

と感じ入り、思い出したように、莫高窟の于闐(うてん)国王・李聖天の供養像の絵を写真で見た際、于闐国の王族が正装として中国の服装を着ていたことを語る。おそらく于闐国が中国に服従していたことを絵画から見てとったのだろう。井上はそれに対して、

「ぼくらがモーニングを着るようなものですね」

と応じる。さらに司馬は多くの窟で天人たちが種々の楽器を持っていることに注目し、今も世界で使われている楽器ではないかと推測する。対して井上は飛天の魅力に話をもっていき、総数千〜千五百いる飛天はどの窟にも天井まで描かれており、「飛天が生きいきとしていて、画工さんたちが楽しんで、自由に、のびのびと描いている感じです」と想像する。そして、花を散らしたように飛ぶ飛天をすべて写真に撮って四世紀から十四世紀までの研究をすれば流行がわかるのではないか、

と提案する。

　司馬は中国の服飾思想を持ち出し、「内陸部の日常生活のなかでは女性の体の線がわからないようにされている。ところが当時敦煌あたりに住んでいると、イラン系の民族も来たりしていますから、画工たちの目には肉体の美しさを堪能することができたのではないでしょうか」、それが飛天になってあらわれた、と自説を披露する。井上は賛同したうえで、「菩薩(ぼさつ)なども、みんないい」と引き続きうっとりと述べる。司馬は「すごい美人の絵もありますね。敦煌は往時の国際都市でしょうから、いろんな人種の顔を見たために、画工たちの美意識が鮮烈に出てしまっている感じがします。こんななまみの感じのする美しい顔の仏様が、ほかにあるでしょうか」と、歴史を跡づけながら現実味のある推測を続ける。井上は、仏像が日本にくると、美よりも拝む対象として峻厳さが勝ってしまい、いかにも抹香臭い感じになったと語る。「それに対して、敦煌で造られた仏像というのは、もっと自由ですね。美人も描いているし、生きいきと躍動している」と美をことほいでいる。

　このあたりのやりとりは宗教や日本の特質をからめた文明論ともなっていて重層的な味わいがある。司馬が言う、

「日本に来ると、どこかに慈悲とか、観念の純粋な結晶体のようなものが表に出てしまって、生(なま)な感じがないですね」

「特殊な日本化でしょうね」

「敦煌の壁画では、美人で、情深い人だろうという感じの人が仏たちの顔になって描かれたり造られたりしていますね。ちょっと中国の内陸部では造られないような、実に豊満な顔をしている。

これは、仏師や画工たちが、生の美を知っていたからでしょう。むろん、イラン系は美人だという意味ではなくて、いろんな顔を子供のときから見ていれば、自然と好みが強く出てくるのではないでしょうか」

壁画から語りはじめ、史実と推測を混ぜながら当時の仏師や画工の内面にまでおよぶ対話となるのは、二人の目のつけどころや抽斗の広さと深さの賜物であろう。

井上は応じて、「脇侍や四天王にしても、少数民族の男性の表情が、たくさん使われていますね。ですから、菩薩などにしても、ほとんど少数民族の美人の顔が描かれていると思います」。

二人してなにやら「美人」にこだわっているのはほほ笑ましいということにして、時空を自在に行き来しながら知識と想像のバランスが心地いい。締めくくりは司馬の発言である。

「夕方、草原ないしは半沙漠のなかを歩いていて、ひょっこり十六、七の娘さんに出会ったとき、腰を抜かすほどびっくりしたこともあったかもしれません。きっと、当時の仏師や画工たちの、そうした経験などが、いっぱい詰まっているんでしょうね。浮世で、セクシャルな感覚を通した美的経験が豊富になければ、あれだけの大芸術はできなかったと思います。たとえばマリリン・モンローの出現によって世界中の人々の美意識に何事かの変化があったろうという文明の一大課題に思いをひそめたりしますと（笑）」（「敦煌への旅」）

最後は冗談めかしているが、当時の仏師や画工の経験や心理にまで思いをはせた展開は小説家ならではである。

「井上さんはやっぱり詩人だね」

井上は莫高窟に想を得て数々の詩を書いた。

唐代の長安で人びとを魅了した胡族の踊り「胡旋舞（こせんぶ）」を描いた壁画の前に立った経験は、こんなふうに綴られている。

「どこからともなく軍鼓の響きが聞えてくる。そしてその軍鼓の響きの先頭に立って、一本の龍巻の如きものが近寄ってくるのを覚える」「天山を越えて来た胡族の踊り子の転変哀切な運命の旋回が、長安人士の心に錐（きり）の如く突き刺さったのだ。敦煌千仏洞の壁画の胡旋舞の前に立つと、それがよく判る。鋭い爪先（つまさき）立ち以外、己が体内に蔵する哀切極まりなきものの旋回を支える法はないのだ」

窟内の壁画が千年の歳月を越え、新たな生命を得て動き出している。

また仏像彫刻群を蔵する窟の情景を詠んだ「千仏洞点描」という詩がある。

何窟（くつ）か覚えていないが、思わず四辺（あたり）を見廻すほど、自由、平安なものの漂い流れている窟があった。供養人は判っていない。いかなる人がいかなるために鑿（ほ）った窟か知らない。ただ一つ判っていることは、――その時思ったことだが、ここが老いたる天文学者と、若き愛人が、そっと寄り添って立てる、地上におけるただ一つの人工的空間であるということだ。本尊の面は微笑を湛（たた）えて、すべてを包容し、脇侍の迦葉（かしょう）と阿難（あなん）はひたすら優しく、その眼を伏せ、二体のおしゃれな菩薩は、軽く腰をひねって、人間の哀しく愚かな営みを、見て見ない振りして、すっくりと立っていらっしゃる。四囲の壁面からは、胡楽が薄暮の迫る静けさで湧き起っている。

詠まれているのは、釈尊の左右に迦葉と阿難、二人の隣におのおの美しい菩薩が艶めいて立つ四十五窟であろうか。井上は一九七九年にもNHK取材班と敦煌を再訪した際、スタッフらに「皆さん、せっかく一カ月滞在されるのだから、それぞれ御自分の恋人を決めるといいですよ」と言い、自身は四十五窟の阿難の左側の菩薩を〝彼女〟に決めたそうだが、いずれにしろ、「ここが老いたる天文学者と、若き愛人が、そっと寄り添って立てる、地上におけるただ一つの人工的空間である」とやや突飛にも思える表現がまた井上らしい。

莫高窟を実際に目にしたうえで、想像を駆使した詩の世界が井上靖の一面を成しているのと同時に、まだ見ぬころに同地に思いを馳せて創作されたのが小説『敦煌』である。莫高窟に眠る膨大な経典が二十世紀になって発見された史実をもとに、十一世紀の宋代、都で科挙の試験に失敗した趙行徳が西夏文字に魅せられて西域に流れ、やがて戦乱で焼失の危機に瀕した万巻の経典を命懸けで敦煌の沙中に埋める――という壮大な物語が生まれた。硬質な筆致に終始し、目に見えないものは描いてはいないが、それがかえって悠久のロマンを実感させる。一人の人間の想像力はどれほどの伸縮をもち得るのであろうか。

司馬が好んで何度か書いた、ホータンの宿での逸話がある。

仏像が通った道シルクロードの旅で、ホータンについた一行は小さな宿で牢屋のような部屋をあてがわれた。夜になり、司馬が所用で井上の部屋をたずねると、井上は靴をぬぎ毛布をかぶって鉄製のベッドで横になっていた。

「お加減が悪いのですか」と聞くと、井上は夢を見るように答えたという。

いいえ、そうじゃないんです。「仏像はシルクロードの道をはるかに歩いて日本までやってきたでしょう。私は学生時代からそれを思ってきて、もう四十年にもなります。ですから今日は、仏像もきっとくたびれていただろうと思って、代わりに寝ているのです」。

西域から日本まで伝来した仏像の道のりを「歩いて」と表現し、西域を四十年来思いつづけてきた自身を仏像とダブらせ、代わりに寝ている、というのは凡人の発想ではない。

司馬は「仏像が歩いてくるイメージを、井上さんは学生時代から持ちつづけた。持ちつづけるあまり、ご自分が仏像になった感じまでしたのでしょう。まさしく仏像は、ガンダーラから日本まで歩きつづけてきたわけです」——と解した。この逸話は紹介されるたびに言い回しが微妙に異なるが、「氏の内景がどうなっているのか、このときほど、手のつけようもない精神がこの世に平然と存在していることを思い知らされたことはない」（「年譜を見つつ」）、あるいは「井上さんは詩人ですね」と嘆息するように結ばれたりもする。垣間見た得体の知れない魔物の一端も、感にたえないほどの詩心も、いずれも司馬にとっては井上靖の真実にほかならなかった。

井上は亡くなる前、「最後に会っておきたい」と司馬との対談を望んだという。話題は日本の国際化におよび、「日本も組合に入らなければいけませんね」と井上は言った。それを振り返って、司馬は「組合といっても世界の寄り合いという意味だと思うけれど、井上さんはひとことしか言わなかった。でも、いい言葉でしょう。井上さんはやっぱり詩人だね」と述懐している。

無頼と狂気

井上靖が亡くなった翌年、司馬はその「秘められた狂気」について、講演で語っている（「井上靖その魅力と足跡」一九九二年九月二十七日、引用は大塚清吾「風声」より）。

「私が井上さんと初めてお会いしたのは三十年以上も前の、小説を書き始めたころか、直木賞をもらったときぐらいだったと思うんですけど（中略）その時は家に帰って家内に、井上さんは紳士だと思ったけれども本当に紳士だったと。縦から見ても横から見ても、あんな紳士は日本にいないんじゃないかと言ったことがあります。しかし、これから以下は、井上さんという非常に平衡感覚に富んだ、人の、中に、秘められた狂気といいますか、それが井上さんの文学の芯になっているんだろうという話をします」

と前置きして、井上が学生時代、京都大学に通うには一時間半ほどかかりそうな嵐山付近に下宿していたことを挙げ、「初めから大学に通う気はなかった」と断言し、「これが井上さんの狂気の一つ」と述べる。大学では美学を専攻したが、司馬が言うには、おおよそ講義には出ず、西域に関したような本ばかり読み、寺などを訪ねていた。

次にさかのぼって、柔道に打ち込んだ四高時代を語る。

「……ずっとお勉強なさらなかったようであります。つまり柔道なさいまして、俺のテーマはこれだといったらそれにいってしまうという、……こういう性格というのは学問的に説明出来る言葉はないですね。執拗ということじゃなくて、非常にバランスのとれた性格でありながら、プラチナのような硬い光ったものを自分の心臓の中から取り出していって、そのプラチナの一線だけで生きていくというような、四校の三年間は柔道で明け暮れなさいまして、耳がつぶれるほどの練習をなさったようです」

井上は打ち込む対象を自ら決めると他を省みないところがあった、司馬はそんなふうにみていたらしい。「井上さんが取りつかれたのは、大正時代の支那学の偉い学者たちが、西域の歴史を文献で探りに探って、まことに細かいところまではいって研究するような世界でありました」。そして以下が結論となる。

「……狂気を書くつもりでこの世に生まれてきて、狂気を書くつもりで大学に何年も何年もいらっしゃったそうであります。よく作家に対して、あの人は無頼派であると、戦後の作家でいえば、太宰治とか織田作之助とか坂口安吾に対して無頼派である、といいますが、井上さんの今言った履歴からみたら、彼らは皆常識人になるんではないでしょうか。井上さんが一番すごいですね、といったら、そうでしょうか、と上品におっしゃってくださいました」

「文壇の紳士」という定評のあった井上こそが真の無頼派であり、慎重な思考力、バランスのとれた性格を包んでいる狂気がその文学の芯になっている――おそらくそれまで誰も語ったことのない井上評ではなかろうか。講演を聞いた写真家の大塚清吾氏によると、とつとつと噛み含んだような独特の口調で語り、説得力があったという。

司馬はかつて、初対面のときの井上靖を次のようにも綴っている。

「氏の髪は、黒かった。ぜんたいの印象は、弾性を帯びた刃物が暗褐色の革鞘につつまれているような感じで、体にも精神にも贅肉がなく、およそ多弁ではないのに、お喋りする人間たちにまじって一座の体温をたのしんでいるようであり、またたえまなくつよい蒸留酒をのどに入れつづけては、ひとりそのひびきを愉しんでいるふうでもあった。たまに座をはずしても、製図の線をひくような正確な足どりでもどって来られた。挙措といい、言葉遣いといい、日本にもこんな景色のいいひとがいるのかとおもった。この印象は、その後もかわらない。

ただ、ふしぎにおもうのは、このことが、氏が浮世の手前、やむなく曝している相貌なのかもしれないということである」（「年譜を見つつ」）

じっと見ていたかのような描写だが、なかでも目を引くのは「浮世の手前、やむなく曝している相貌なのかもしれない」という仮説である。実際そうだとしたら、井上が浮世の手前つけている仮面を剝ぐと狂気が顔を出す、それが井上靖の本質であったということになろうか——。

同じ大阪の新聞記者出身で、作家としてのスタートが遅かったことなどの共通点から、文学青年ではなかった司馬は若いころ井上靖の存在を励みにしていた時期があった、とみどり夫人は語っている（「司馬遼太郎が語る日本 V」）。同時に司馬は、無頼派と称される作家たちが常識人に思われるほどの、得体の知れない狂気を、井上の内側に観察していたのである。思えばゴヤ熱も、ある種の狂気といえなくはない。

井上の来歴にみる身の処し方を、こんなふうにも書いている。

「目の前の多くのカードのなかから、気に入った一枚だけを容赦なくぬきとり、その絵が動いて飛びだすまでに見つめきるという執拗さに通じている。あるいは自分自身を平然と詩にしてしまうというほうがよいかどうか。半面、他の多くのカードに見むきもしないということでは豪胆すぎるともいえるし、また文壇用語としての通俗的な表現でいえば無頼といえるかもしれない。ただ無頼がもつ饐えたにおいがないだけである」（「年譜を見つつ」）

運命的に出会った対象を、狂気をもって追いかける井上靖、そのようすをまじまじと眺める司馬遼太郎——そんな構図が浮かびあがる。司馬は、井上靖という驚くべき対象を、大いなる興味をもって観察し、表現した。人間好きの司馬にとって、井上がそうさせずにおかない人物だったからである。

「思無邪」ということ

井上没後、翌一九九二年から九三年にかけて全国を巡回した「井上靖展——文学の軌跡と美の世界」の図録に、司馬は一文を寄せた。

「井上さんは、生きる人としても、かぎりなくりっぱでした。その生き方は、スポーツのように美しいものでした。事に臨んで、いまはなにが本質で、何が目的か、ということを、数百、数千の要素から抽きだして、たった一つに単純化してしまうことに天賦の選択力を備えていました。おどろくべき才能でした」

小説を書くことにおいては、「千人、万人の作家は他のことを書けばいい。自分は、自分の小説を書くという、不乱の態度でありました。戦後、前衛芸術や政治意識の先行した作品の流行期に、大阪の闇市（やみいち）の一郭にこもって、西アジアの沙漠にねむる銀化した瑠璃のような作品を書きました。そのこと自体、奇跡でありました」。

司馬が好んだ「倜儻不羈（てきとうふき）」（独立して拘束されぬこと）の態度を思わせるが、井上についてもっとも言いたかったのは次のことかもしれない。

「孔子が『詩経』についていったことばがあります。「思無邪（おもいよこしまなし）」ということでした。井上さんの生涯は、その三つの文字に尽きます」

「思無邪」とは、単に『詩』とも称される『詩経』三百詩の、私心なく公平で偽ったり飾ったりすることのない性質を、孔子が一言で評した言葉である。井上が最晩年、『孔子』に取り組んだことにからめての表現であるとしても、司馬自身の美意識と照らして腑に落ちる。井上に司馬が感じ取った「狂気」「憑依」といった、美であれ何であれ、自身がこれと決めた対象への、尋常でないほど無私で無心な向き合い方は、邪念など入る余地はない、まさに「思無邪」そのものだったからである。司馬は自身の井上靖観、あるいは〝井上靖物語〟の総括のようにこうしるした。

「煮つめれば詩になってしまう人でした。それも、晦渋な詩でも厭世的な詩でもなく、人間の連続を信じ、人間の美しさを感じ、生きることの価値を、結晶体にして見つめる詩でありました」

第三章　狂気とかなしみへの共振——司馬遼太郎を中心に

美術担当となって「新聞記者として車庫入り」したと嘆いた司馬遼太郎は、子どものころに絵描きになろうとおもったといい、後年は自らあえて〝美術オンチ〟とも称した。その間をつなぐ糸はどう紡がれてきたのだろうか。

一　「絵描きになろうとおもった」

近代絵画との葛藤

司馬は自伝でこう述べている。

「子供のころ絵描き——それもウチワに絵をかく程度の——になろうとおもったことがあります」（「足跡」）。じっさい晩年まで色紙やちょっとした屏風などに、即興的な絵を描くことを楽しんでいた。わざわざ「ウチワに絵をかく程度の」と加えたのは、単なる謙遜ではなく、なにかしら含みがあるように読める。

司馬が美術記者をしていた昭和三十年前後は、抽象画など先鋭的な前衛美術が活況を呈していた。また既成画壇のなかでも新しい境地を切り開いていく画家がぞくぞく現れてもいた。司馬は書物から絵画理論を頭につめこんで、とくにセザンヌの理論やその後の造形理論を実際の絵画のなかでたしかめ、それを制作した人に問いただすように仕事をしていた。この時期「一度も絵を見て楽しんだこともなければ、感動したこともない」（「裸眼で」）という極端な口ぶりはどことなく痛い。さらに、「まことにおろかなこの四年間」は「記憶としてはほとんど抽象絵画の印象批判ばかりを書いていたような感じがある」と苦々しく振り返る。彼がいうには「近代絵画は文学と絶縁」、その西洋理論を模倣して奇抜さを競う作品群、それを頭で批評していた自分——思い出したくもない過去かもしれない。

たとえば当時書かれた展評はこんな具合である。

「独立展評」（『産経新聞』昭和二十九年十一月十八日）

大正の末年、パリから帰朝した里見勝蔵らが日本画壇にフォービズム（野獣派）の種をまきはじめたとき、当時行詰りにあがいていた画壇新人層の間に、この新しい様式をめぐって熱狂にも似た昂奮状態がかもされた。その、沸とうの炉の中から誕生したのが独立美術協会である。

その後、福沢一郎の参加や絵画様式の変遷にともない「独立」の色調も複雑さを加えていったが、二十二回展の今日なおフォービズムの大本山たるをうしなわない。

今年は思いきった厳選主義をとったらしく、出品作品の質は相当向上している。むしろ安易で惰性的な仕事の多い会員クラスよりも覇気が旺溢しているといってもいいほどだ。

この団体は、鬼面人を驚かすようなアクロバットや、画一的な傾向の統制を好まない。従って派手な大作主義の片鱗もなければ、興行性の強い新奇な傾向も見られないかわり、地道な油絵の本道として、親しみをもって観賞を楽しむことができよう。

作品の紹介に入ろう。

「独立」の人気役者林武は、近頃あの奇妙な神秘性がうすれてきたようだ。それが何かを生む前提なのかどうか今度の「裸婦」二題だけではまだわからない。林とともに設立以来の元老児島善三郎も小品「カイユウ（海芋）と麒麟草」の中に、イブされた華麗な色調と達者な技法を見せているが、同じく元老の小島善太郎は意外に振わず、高畠達四郎も得意の風景が見られないのでさびしい。……——福

計八百字弱、やや小難しい語句を駆使している印象もあるけれど、ほぼ型どおりの展評記事といえそうだ。他の記者が書いたとしても大きな差はないであろう。記者の個性は必要とされておらず、後に当人が述べるとおり「書かされていた」という、働き盛りの記者のもどかしささえ、武装したような文面から読み取れなくもない。

口では美術批評の仕事を「いやだ」「苦手だ」と言いながら、画廊や美術館を熱心に回っていた司馬は、老舗の梅田画廊によく足を運んだ。「ちょっと応接室かしてな」とそこで書き終えた原稿を電話で会社へ送ると、ふらっと消えて、ほど近いお初天神あたりのいきつけの店に行ったという（『新聞記者　司馬遼太郎』）。酒場でのひとときは胸に抱える靄を払う時空間であったかもしれない。

梅田画廊は新築された北区の毎日新聞ビル内に移って今なお健在で、訪れてみると記事にもみえる里見勝蔵や林武らの作品が展示されていた。厚塗りで鮮やかな色彩の絵を眺めるうち、三十過ぎながら老成したふうの記者がけだるそうに現れて、ひと仕事する姿が想像された。

美術記者としての月日を重ねるうちに、型を外れるわけではないが、どことなく司馬らしさといったものも見受けられるようになる。

「第四十回院展（大阪）評」（昭和三十年十月三日）

院展には、伝統的に一つの文学性がある。作家の年齢層からいって、元老級には歴史的ロマンティシズムが主軸を占め、中堅構造には一種の翻訳的なエキゾティシズム、下部構造にいわゆる題材的なモダニズムが流れをなしている。現代絵画が文学性と絶縁してすでに久しいが、院展がひとり今日の造型思情から孤立しているのは、むしろ悲愴の観すらある。

横山大観「風粛々兮易水寒」は史記の故事に取材し、安田靭（靫）彦「鴻門会」は同じく中国史談を描くといったぐあいに、今日の感覚とは隔絶した史的抒情を造型化し一方、中堅作家はそのロマンの場を縦の系列よりも横の系列つまり異国情緒にもとめている。インド婦人を描く中村貞以「遥拝」豊秋半次「エジプトの人達」真道黎明「エジプト幻想」それに、原始日本の風土をえがく高橋玄輝「登呂の女達」羽石光志「土師部」なども一つのエキゾティシズムと見られなくはない。

偶然か、このうちのほとんどが賞を得ている。院展の絵画思想はなおこのあたりに安住の世界を見出しているのであろうか。題材のロマン性から脱却して純粋な造型の場に立とうと苦悶している若い作家群へ期待の眼を向けたい。

◇石井柏亭外遊作品展

ヨーロッパの風景を水彩でえがいている。二十点。眼の醒めるような美しい発色は水彩技術の一つの極地がここにあるといってよい。（いずれも五日まで大阪三越画廊）——福。

言い回しや比喩など、凡庸を避けた表現への苦心が垣間見えなくもない。旧来の画壇への揶揄や批判をどう伝えるか模索していたのであろうか。のちの司馬が芸術を語るのによく用いる「文学性」という語句が見える。今ひとつわかりにくい使われ方をしているが、「今日の感覚とは隔絶した史的抒情を造型化」する大家たち、「ロマンを縦の系列よりも横の系列つまり異国情緒にもとめ」る中堅たちへの苦々しい思いは皮肉のなかにも伝わってくる。物足りなさのあまり、若い作家への期待を述べざるをえないのである。

「関西新世紀展・評」（昭和三十年十一月二十一日）

「画家の人生には、画歴は古くとも、画壇のオモテ通りに縁が薄いというタイプがある。そういう一群と、既成団体の脱退者が合流しさらに形を整えるために川島理一郎、和田三造らの老大家を顧問にして、今秋、新世紀美術協会が誕生した。さすがに永い作画生活を送ってきた人たちだけに、油絵の技術にかけてはあぶなげがない。平明な写実画を、ソツのないテクニックで描きあげている点、ある意味では見事なものである。が、そのソツのなさが同時にこの人たちの限界ともなっている。新しい時代に堪えるためには、エスプリが必要だろう。松本鋭次「静物1」橘作次郎「夜の漁」などが目についた。（二十三日まで大阪梅田画廊）＝福

この記事と並んで「第23回独立展・評」が掲載されていて、須田国太郎《窪八幡》が大きめの図版とともに「最高の傑作」と絶賛されているが、署名からして別の記者が書いたようだ。ただし司馬が《窪八幡》に「出くわした」のはこのときの展覧会場であったらしいのは第一章で述べたとおりである。

「画歴は古くとも、画壇のオモテ通りに縁が薄いというタイプ」という表現に「裏通り」をゆく側へのエールがにじむところ、それでもソツのなさに限界を指摘する冷静さなど、短い文章にも司馬らしさが発揮されだしたかのようだ。

ところで昭和三十年十月十七日の「新制作展評」では、小磯良平について、

「「働く人と家族」――この人のえがたい体質である狂いないデッサン力を十分に駆使しつつ、なお色感の点で、近代へすさまじく肉薄しつづけている」

と書いているが、この油絵の大家について当時は今ひとつ物足りなさをぬぐえなかったようである。それから三十年を経て、次のように心境の変化をつづっている。

「若いころ、小磯さんの作品の骨として支えている稀有なデッサン力や、淡泊な色彩の展開に接していて、なにか物足りないもどかしさを感じた」、しかし「中年になって、……あの物足りなさは、じつをいうと……自分自身の品性の足りなさの投影にすぎなかったことに気づいた」(「小磯さんの芸術」以下同)

小磯芸術のあくのなさは、才能以前にそなわった人柄と育ちによるとしか思えない。嫉妬心や競争心を前世に置き忘れ、「絵を描くこと以外の人間関係はすべてひとへの思いやりで終始された」。金銭への欲望も、栄達心もなく、絵が好きであることのみの半生。気品の高さは師の藤島武二とならぶ、と賞賛する。

「絵画が、個性表現のある段階に達したとき、結局は画品に帰してしまうということも、鑑賞する側の眼が老いるにつれて、いやというほどにわかってしまう平凡な結論なのである。……後世に残るというのはそういうものだろう」

内心の物足りなさの原因は自身の至らなさであり、小磯作品の〝画品〟に気づくにはそれなりの歳月が必要であった。ちなみに井上靖は昭和十八年の新制作派展で、やはり小磯の〝気品風格〟を讃えている。

当時書かれた記事を新聞紙面全体のなかで眺めると、つまり一面や社会面とは遠い「婦人面」と並ぶ、それより扱いが小さいことも珍しくない「文化面」での、主に図版を中心にすえた囲み記事という存在感を見ていると、若い福田記者のくすぶった気分、いずれ噴出せずにはおれないマグマの蓄積が想われてくる。文化部に来たことで、社会面での抜いた、抜かれた、の「シンドイ」仕事からは解放されたものの、「なんでこんなことをやっているのか、ということはやっている間中は実に疑問でした。やったところで何も残らない」(「足跡」)と逡巡は続いた。

脇役とスケッチ

美術担当を離れてから紙面で連載を始めた「美の脇役」は、司馬が旧知のカメラマン井上博道氏にけしかけるように持ちかけた、写真がメインの一風変わったよみものである。「目立たぬ存在ながら、捨てがたい興趣、価値をもつものを、精選の上クローズアップし、祖先が、脇役にも、絶大な敬意と関心を払ってきたことを改めて認識して」もらうことを狙いとした、と連載をまとめた書籍の、編集局長名になっているが実は司馬の手になるという「あとがき」で企画意図をのべている。

昭和三十三年十一月に文化欄でスタートし、週一回で足かけ三年、計百五十回以上を数えた。初回は唐招提寺の千手観音像がもつ「どくろ」について、直木孝次郎が「神秘哲学の象徴」と題して執筆、以後、奈良本辰也や杉本健吉、黒岩重吾、入江泰吉、前川佐美雄、犬養孝、岡部伊都子ら、関西の文化人が各々の「脇役」語りに筆をふるった。

福田記者も自ら、「二条陣屋の防音障子」を取り上げ、その巧みな〝からくり〟について綴っている。二条陣屋は昭和十九年、京都で最古の民家として国宝に指定された。卓抜した防火構造が建築学者の注目を集め、保存の完璧さも陣屋建築の資料としては貴重とされた。陣屋といってもじっさいは大両替商の家、つまり商家であったが、「見えざる敵に対する巧妙なカラクリにみちている」造りをもっていた。刺客に備えて用心棒が待機できる「武者隠し」、廊下の天井にはいざという時に梯子になる棚、忍びの者の姿をあらわにする二重の廊下……五百坪二十四室ある建物は「忍者防止装置」の展示会場さながらだ。

なかでも福田記者が着目したのは、写真では一見何の変哲もない紙障子である。ただし、「板の部分が二重になっていて、一枚おろすと板戸になり、部屋の話し声が隣室にもれないようになっている」。建物全体としては、忍びの防御に設計の重心をとらわれて建築上、美意識はほとんど表現されていない、としながら、「かろうじて、この障子の白黒の階調がうつくしい」と美のかけらをすくいあげる。ただし、それも防音的配慮の結果だとすれば、「その科学的才能をこそ、たたえるべきだろう」と締めくくる。数百年前のオーナー、初代万屋平右衛門の苦笑いが目に浮かぶようだ。

型どおりの展評では出しにくい見事な技アリだが、嫌味を感じさせない。一見どうということのない障子を脇役美として引っぱり出す発想、由来についての説得的な語り、「美」のありどころを示すオチ。往年の忍びへの興味を発揮し、誰も目をつけそうにない〝たかが障子〟を掘り起こして前面に立たせ、脇役が語ることの豊かさや深さを堪能させる。いつのまにか、あらゆる工夫で忍びを防ごうと躍起になった一両替商の人間臭さ、営為のおかしみを物言わぬ障子が浮き彫りにする。この一文を読んだあと、二条陣屋をみる多くの人の眼は変わるだろう。主役になれぬ「オモテ通りに縁の薄い」万年脇役のかなしみに寄り添い、矜持を代弁しているようでもある。司馬は生涯、そのような存在をこよなく愛した。

時代はくだって一九九〇年七月、長年『街道をゆく』に伴走した須田剋太画伯が亡くなると、後任を誰に頼むか、司馬は編集部に託した。ただし手紙で詳細な希望、というより条件をつけた。「欲をいえば、光をたっぷりとり入れたまぶしいような描写法をとってもらうとありがたいです。むかしの宮本三郎のような」と明治後半生まれの洋画家の、昭和十年代の画風を例にあげて、美術記者時代の知見を垣間見せる。日本画・洋画を問わず、具象でも半具象でも、さらに抽象的に描いてもらっても、いっさい自由、と寛容ながら、「あかるくさえあれば」という条件がつく。肝心な点は「挿絵でなく、説明性から独立した装画」であることだった。あくまでも文章に従属した添え物でないことを強調したのは、画家の仕事への敬意とともに、あえて「脇役ではない」と彼らしい含蓄をこめたような、いずれにしろ譲れない一点であった。

編集部は三人の画家を最終候補に選び、それぞれの画集を司馬に手渡したところ、その夜に、桑野博利さんに決めた、と電話が入った。もれた二人は中堅実力派の画家であったが、当時七十六歳の桑野氏は世間にあまり知られていなかったらしい。しかし長年、司馬の単行本を担当してきた編集者が「司馬先生はスケッチがお好きだから、お気に入るかもしれないと思って」おそるおそる候補に加えたという。司馬が桑野氏を選んだのは、「とにかくスケッチがいいからね」という理由だった。

司馬は承諾してくれた桑野画伯に宛てて手紙をかいた。『街道をゆく』については、土地土地の説明性はなくとも、男女二人とか、居ねむる老人とかいった絵を、と希望を伝え、「ペンよりも、コンテやエンピツのほうが、凸版に映えると存じます」などと、遠慮がちながら具体的なアドバイスでそれとなく我が意へと導く。加えて、画集で見た桑野氏の作品を「すべてゴッホの「宝くじを買う人々」のうしろ姿をしのぐものでありました」と、最高といっていい言葉を添えて信頼感を示すところは、本音であっても、気配りは並みではない。

先にのべた連載「美の脇役」を振り返り、司馬は次のように書いている。

「たとえば、人は戒壇院の広目天に接しても、広目天が両足で踏みつけている天邪鬼(あまのじゃく)は、ふつう、一瞥するだけで、独立の存在として見てやらない。しかしよく見ると、天邪鬼はつらそうである。苦痛・閉口・腹立ちといったものを表現するために思い切って変形(デフォルメ)されている。仏たちよりもむしろ近代彫刻のようではないか」（「華厳をめぐる話」）

脇役への公平な眼差し、さらに脇役とされているものも「独立の存在」としてみる姿勢は、「挿絵ではなく独立の装画を」と桑野画伯に念押しした精神と通ずるように思う。お互いは、お互いがあってこそ存在できる、それらしくあることができるのだから。

思えばウチワ絵も一種の脇役であろう。キャンバスに堂々と描かれ額に入れられるのでなく、そのへんに転がっていて気まぐれに用いられ、不要になれば置き捨てられる、所詮は取るに足らないものでもある。ただし、必要となれば主人にごく身近に引き寄せられて快さをもたらす重宝さをもつ。むろんウチワに描かれた絵も、自身の役割をまっとうして不平など決して言わない。

新聞社時代の司馬は、気の合わない上司との不毛なやりとりに滅入ったとき、相手がふいにバッタに見え、（ああ、これでいい）と救われたような瞬間があったという。そのことを思い出し、こんなふうに書いている。

「私がもし画家である場合、きっとカタルシス（浄化作用・引用者註）としての絵を描くかもしれず、もしそうなら、きっと自分一個では幸福な一生が送れたかもしれない。ただ、画壇は時代の様式に拘束されているために、おそらく画家仲間から冷笑されつづけたにちがいない」（「裸眼で」）

「オモテ通り」など自分も縁はない、それでいい、と言いたげである。スケッチやデッサンは油絵と並べれば主役級ではないかもしれない。ただし一本一本の線は、絵具が覆い隠してしまう対象の脊梁、装飾される前の素顔、ときに本質まであらわにすることがある。額におさまり距離をもって眺められる〝大芸術〟にはない鋭い匕首をしのばせている。そこに目配りするのがまた、司馬ならではであろう。


「〝人間大会〟を見られそうで、たのしみ」と期待していた桑野画伯との仕事は、「本所深川散歩」でスタートし、「神田界隈」へと続いたが、しかしそこで打ち切りを余儀なくされてしまう。神田取材の三日後に画家が倒れたのだ。脳梗塞で入院し、結局は街道の旅の伴走を続けることは難しくなった。二人の無念はいかばかりであったろう。司馬は画伯へ手紙を書いた。「岩倉の里で閑静を愉しんでおられたのを、東京のような熱閙の地につれだしたのも、よからぬことでありました。又、会う人ことごとく未知の人で、お疲れになったかと存じます。（中略）多少は目先のかわった数日をすごされるのも一興であろうと思いつつ、ひっぱりまわしました」、また追伸に、「いつもいい御作品を楽しませて頂いております。だんだん単純化されてきて、小生の好み（そんなのはどうでもよいことですが）の中で、うずうずするくらいいい感じであります。「本所深川散歩」⑨の絵など、しずかで、人生を感じさせつつも、筆触がたくましくて、人体を見るよろこびを覚えました」と添えている。慣れぬ旅で疲れさせたことへの詫びとねぎらいの言葉が温かく、なんとも切ない。

絵画的アプローチ

「画家にならなくてよかったと心から思っている」（「裸眼で」）と司馬は振り返る。小学校低学年の一時期、さまざまな空想の化け物の絵を描くことにつきうごかされた。中学生になると白系ロシア人など西洋の老人の顔を描くことに凝った。しかしそれらは根元的といえる感情ではなかったという。いずれにしろ自覚しているとおり司馬が画壇でうまく処世してゆくことはありえなかっただろう。そして作家は気ままにスケッチにふけった。

自宅で画材道具を広げて色紙に筆をむけるスナップがある。一瞬のひらめきを刻印するように即興で、素早く描く。残された数々の絵を見ると、色彩やバランスなどから天性の伸びやかなセンスが感じられる。なにより自然体で楽しんで描いたことがうかがえる。

義弟にあたる上村洋行氏が、みどり夫人との結婚前に家によく遊びにきていたという司馬の一面を伝えている。

「「絵を描いたろか」と言われ、何だかとても嬉しい気分になってクレパスを取り、二階の姉の部屋に駆け込んだ。目の前で三十分ほどで描いてくれてその絵を渡された。

司馬遼太郎記念館でときおり展示する、私が名付けた「一枚の絵」である。

夜明け間近の丘陵にすっくと立つ一本の大樹。月明りがその半面を照らしている。月光に照り映える大樹は黄色と朱色を使い、暗部は緑の濃淡と灰色に黒、背景の空や丘陵も複雑に色を重ね、点描の手法を使って表現している」（『ビジネスエリートの新論語』解説）

自身でもこんなふうに語っていた。

「……一気に描くことや。そうすると下手でも目立たない。下手だから下手なりに工夫して描き直そうと思うと、どんどん下手になっていく」（太田治子さんに語った言葉、『司馬遼太郎の「遺言」』より）

「絵画も文字も一秒の四分の一の時間のなかで、決断したものの累積です。よき絵やよき文字は無論この決断がよき選択の結果なのであることは言うまでもありません。決断を鈍らせるものは計らいです。手前の計らいが出来上がったものを醜くします」（村井正直さん宛の手紙、同）

井上靖との合作色紙がある。祇園の料亭で、井上の長篇小説『孔子』にちなんで描かれたものらしく、互いの晩年であろう。左側に井上が「北辰居其所／而衆星共之　靖」と『論語』為政篇から引いた端正な文字を書いているのと対照的に、中央には司馬の、どこか禅画ふうのやわらかな丸みの桃図に落款、右端には「干祇園出孔夫子　井上靖太説論語。（司馬生）」と奔放な文字が置かれている。絵も字も上手く描こうとしていないのは一目瞭然だ。

そんな司馬の絵を、『街道をゆく』で最後に伴走した画家の安野光雅氏は「本物」と評している。入院した須田剋太画伯のピンチヒッターとして「オランダ紀行」に描いた絵などをあげて、「どうして司馬さんの絵がいいかといえば、これらの作品は司馬さんのひとりごとなんです」とさりげなく言い当てる。「ひとりごとといっても、自分勝手で聞きづらいひとりごともあるけれど、司馬さんはそうじゃない。／それは司馬さんの心の中に、ダイヤモンドがあるからですね。美意識という名の、本物のダイヤがある。若いときから作り上げた、自分の美意識についての誇りがある。それがあるから、司馬さんの絵画は本物なんです」（『司馬遼太郎が語る日本Ⅱ』）。スケッチの達人の名言である。ちなみに、「オランダ紀行」では別の画家に頼む話もあったらしいが、司馬は「僕が描くのがいいでしょう。他の人に頼むと、須田さん、がっかりしちゃうよ」と言って自ら筆をとったという（向井敏『司馬遼太郎の歳月』）。

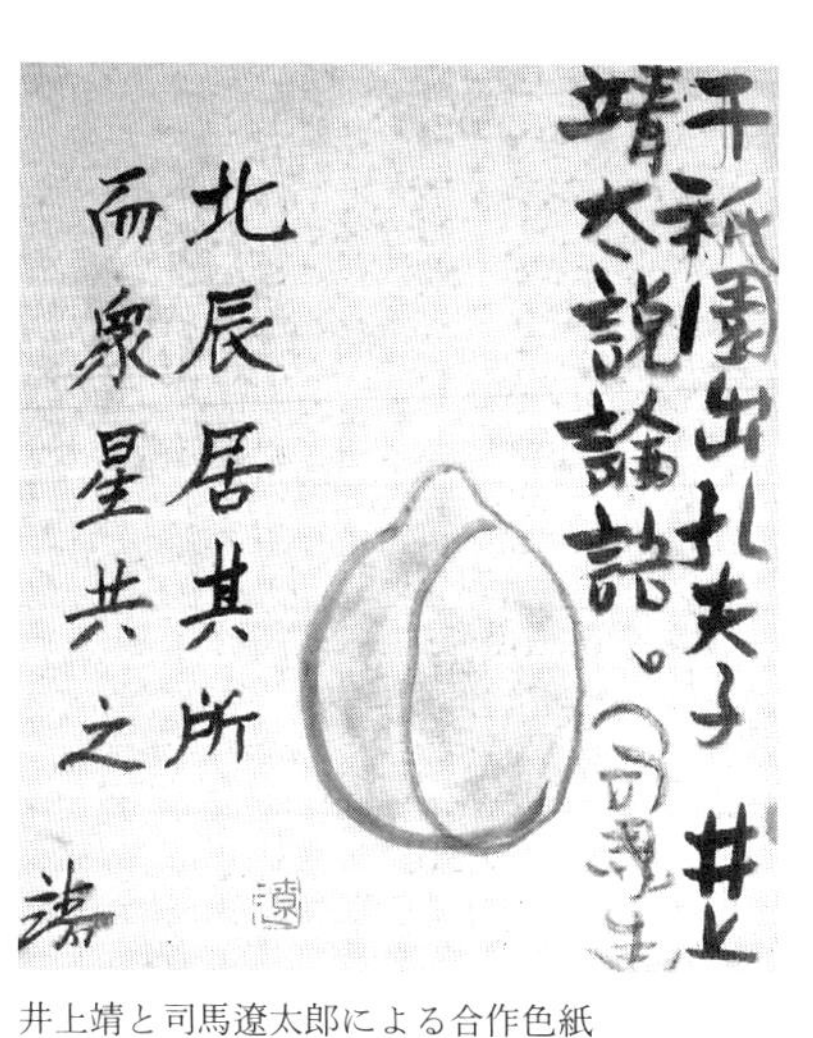

井上靖と司馬遼太郎による合作色紙
祇園つる居蔵
『司馬遼太郎展図録』（産経新聞社）より

自ら絵を描いたことで、文章にはなにがもたらされたのか。

『街道をゆく』シリーズや小説のため出かけた取材で、司馬は遺跡や遺物や風景などをノートにたびたびスケッチした。『オホーツク街道』の取材について語った際には、カメラが文房具になって少なくなったが、と前置きしてこんなふうに述べている。

「僕は絵をかきながら考えるほうなんです。景色を描いていると、濃厚になります、心の配置が。……あの入り江の感じを描いていくうちに、アイヌの心が伝わってくる」

「行く前に地図をかいて、それから現地でスケッチしたりしているうちに、ああ、こういうことかとわかってくるんですね。やはりオホーツクに行ったら、アイヌの心にならないとだめでしょう。それはなかなかなれるものではなく、だけど、せめて絵をかくとなれるような気がするんです。まあ、人間のアプローチの仕方はいろいろあって、絵画的に入る人と、音感的に入る人と、それから触感で入る人と、極端な場合だと味覚で入る人までいる。僕は絵画的に入るほうでしょうね」（「オホーツク人とわが考古学少年時代」『司馬遼太郎が語る日本 Ⅲ』）

司馬が好きだった正岡子規が、「草花の一枝を枕元に置いて、それを正直に写生して居ると、造化の秘密が段々分つて来るやうな気がする」と『病牀六尺』で書いている。描く対象を観察し、画面と視線を行き来させ、筆をもつ手が一本一本線を積み重ね、写し取ってゆくうちに、全体像や細かな特徴やバランス、対象が内に蔵している存在の秘密が自ずとつかめてくる。スケッチという行為には、対象と写し写される以上の関係を築き、結んでゆくはたらきが確かにあるように思う。安野氏が述べた「本物」は、何もプロの絵描きとして遜色ないといった意味ではないはずだ。対象の心に迫りたい一心で手を動かした司馬の絵に、嘘のなさをみたのではないか。あの観察眼と豊潤な描写力を支えるものとして、絵画的アプローチは欠かせぬ底力であったにちがいない。

二　驚きのその先へ——八大山人

偶然から再会へ

《魚図》を見て、司馬遼太郎は驚いた。

　八大山人の絵を初めて見たとき、虚をつかれた感を得る人は少なくないかもしれない。私がそうだった。ふつう目にする中国画と比べてずいぶん筆が省かれているためだろうか、どこか異端のにおいがただよう。そして沈黙を促される。絵に耳を澄ます。やがて驚きを突き抜けて、司馬はこのように描くほかなかった画家の心根に分け入っていった。

　昭和二十四、五年、大学・宗教記者として京都を根城にしていた司馬は、粟田口の公家屋敷に似た寺の住職と懇意にしており、疲れにまかせて訪ねては休ませてもらっていた。ある日、居室にあった『支那画人研究』（八幡関太郎著）をめくるうち、「一見奇矯とも見られる文人画」（「激しさと悲しさ」以下同）と邂逅する。八大山人の絵であった。部屋はあかり障子に樟の葉かげが映っていて、出会いの環境としてはふさわしかった——と周囲のようすは記憶している。にもかかわらず、どんな絵を見たのかは明記されていない。

　覚えていないのではないか。ただ、自身が当時「密教に凝っていた」ために、八大山人という不思議な名が密教僧に思えたという。おそらく作品以上に、「まずその号の言語感覚のふしぎさに惹

八大山人《鱖魚図（魚図）》
《安晩帖》（1964）より
京都・泉屋博古館蔵

かれた」。印刷の具合で絵そのものに感動するには至らなかった、とも考えられる。それでも、通常の中国文人画ではあまりお目にかからない大胆な構図、やわらかく無駄のない筆遣いは、潜伏期間に入るように、心の片隅にのこった。

　司馬がある対象に熱を帯びるまでの過程は、たまたまの出会いがあり、何年かたって再会する――というパターンが少なくない。八大山人もそうである。

　数年たち、美術記者となった昭和三十年代初め。理論武装にいそしんでいた福田記者は、過去の名作といわれるものをできるだけ見たいと、取材先で頼んでは見せてもらっていた。美術館の事務室で備えつけの画集を手にしているとき、そう親しくもない職員が「日本画理解の参考になるのでは」と差し出したのが、八大山人作『安晩帖』二十幅のうちの《魚図》であった。

「このときの驚きこそわすれられない」

　やはり写真版であったが、八大山人への関心にスイッチが入った。

遺民の矜持

八大山人は明末の一六二六年、江西省南昌の王族である朱氏に生まれた。俗名は朱耷、本名は朱由桜とも朱統𨨗ともいわれる。科挙を志したものの二十歳前で明が滅亡したため、臨川県に逃れた。しかし間もなく二十代前半で出家する。世をはかなんでのことではない。一説に、辮髪を避けるためであった、といわれる。辮髪とは、額を大きく剃り上げ後ろで長くのばした髪を三つ編みにする独特のヘアスタイルである。満洲族の清が権力を握ると、「薙髪令」を出して男子に強要した、同化政策に似たやり方といえよう。

なにも髪型が嫌なくらいで出家まで——と思われるかもしれないが、漢民族にとって風俗を無理に変えられる、それも〝北方夷狄〟の風俗を強いられることは、大きな屈辱であったようだ。かつて異民族である金や元が支配者となったときは、そのような強要はなかった。耐えがたい屈辱を、罰せられることなく免れる方法として、彼は多くのものを捨てて出家を選んだのであろうか。「明朝の遺民としての痛哭を生のあるかぎり保持しようとした気概」を、北京陥落の日付を組み込んだ花押に込めて生涯持ち続けたという。彼にとって、一生の悲しみのしるしでもあった。

禅僧として修行を続けるうち、画才が評判を呼び、高僧との名声を得た。中央は危険とみたか、康熙十八年（一六七九）、臨川県令の胡亦堂が巧みに誘いをかけ、悪くいえば「拉致」して、「拘束」した。体のいい軟禁であった。半年後、八大山人は〝発狂〟し、僧服を焼き捨てて故郷の南昌へ奔走したという。

その後、世間との交流を避けた貧窮の暮らしでも、画を求める人は絶えなかった。本人にとってはそれすら煩わしかったのか、もともと吃音(きつおん)で口数少なかったのをよいことに、家の前に「啞」の字を張り、人を遠ざけた。一方で、同じ禅僧である北蘭寺の澹雪、蘇州霊巌寺の継起ら、気のおけない友との交流は続いていた。彼らも漢族でありつづけるために、寺に住まいしたものか。やがて妻を娶(めと)ったともいわれるが不明。

以上、同時代の文人である邵長蘅(しょうちょうこう)による略伝や陳鼎の伝記、また中山八郎氏の研究他によって司馬が辿った八大山人の生涯だが、実際は靄に包まれている。号も「八大円覚経」に由来するだの、落款が「哭之」「笑之」とくずして「八大」と見えなくもないからだの諸説あり、真相はわかっていない。

さて《魚図》である。この絵を司馬は以下のように描写する。

「まことに筆を惜しむことはなはだしく、わずかな線を用い、魚体を淡く暈(ぼか)しているだけの絵なのだが、省筆されている部分に、魚腹がある。……その魚腹の白さにぬめりまで出ているのは驚くにあたいしないにしても、あきらかにその白の内部に浮袋が蔵せられ、魚体の浮力がそこから出ている……浮力まで絵画で表現しうることは本来不可能にちかい」

魚体にみなぎっている異様なばかりの生命感が、何よりも司馬をとらえたことがわかる。「魚という水棲の生物の生命と運動が、この絵にあってはいのちに内在しているものからひき出されているのである。速度まで出ている」。水を一切描くことなしに、わずかな線で水中の魚体の生命感を表わし尽くしている。それまで侮っていた水墨画の表現の限界など、天才にとっては通用しないど

ころか、あたらしい可能性の展開にさえなり得ることに気づかされ、

「絵とはこういうものかと思った」

と感嘆する。だがそれは「技術意識の所産ではなく、自己の精神そのものを魚において徹頭徹尾表現しきっている」ことによる。

司馬が目を奪われた魚のぎりぎりの生命感は、八大山人の〝精神〟が生んだのだ。その精神とはいかなるものか。

魚の目がそれを暗示する。「魚としては大きすぎるほどの、鶏卵型の目に、黒目が上方に偏した、いわゆる白眼である。白眼といえば、紀元前三世紀、三国時代末に老荘思想を奉じ、琴と酒をかたわらに清談を楽しんだ「竹林の七賢」の代表格、阮籍（げんせき）の逸話で知られる。気に入った相手は青眼で迎え、気に食わない相手は白眼で接した。権力に阿（おもね）らない、人に媚びない精神を表わした振舞いであり、大勢になびく処世をよしとしない態度ともいえる。司馬は、八大山人の絵には白眼が多用されているとのべる。ただ、これ見よがしに描いたわけではなく、鹿であれ鳥であれ、生命感をみなぎらせるにおいて、当人も気づかないうちに白眼になっている――というのである。八大山人にとってはごく自然なのであり、時代と境遇に照らせば、阮籍のそれ以上の深さをみる必要があるかもしれない。

彼の〝発狂〟をどうとらえるか。司馬は、お芝居であった可能性も示唆し、軟禁から脱するには常識的な行為であったと考える。意図のあるフリであったとしても、ただしその奥に、狂態を装い、仮面を演じることとなしには生きてゆけなかった悲しみを感じているのは想像に難くない。禅では

「不立文字」、すなわち言葉のむなしさをいう。絵は、言葉にできない彼の心情を暗に含み、禅問答のように見る人に問いかけているかにもみえる。禅問答は、何を答えようとも即座に否定される。正答はない。

八大山人の絵に「ぎりぎりのみなぎり」「生命感」を確信した司馬だが、調べて知識がふえてから見ると、「最初の魚体に接しての驚きをなかなか越えない」ことになってしまった。やむを得ない、裸眼でいられなくなれば、その先へと進まねばならない。近年の研究で彼の生涯についてわかってきた事実は従来の記述を正すことが少なくないという。が、もはやあまり意味はないかもしれない――〝司馬遼太郎の八大山人〟においては。

「好き」と「驚き」

次に司馬は『安晩帖』の後方の一枚、《魚児図》に目を移した。

やや縦長の画面の中央より少し下あたりに、ごく小さな魚が一匹、右斜め下方に向かって泳いで、いや漂っている、それだけの絵である。彩色もない。右上に賛と署名、素朴な落款の赤。大部分の余白のなかで、ゆらゆらと落ちてゆくような魚の角度は意味ありげである。苛烈さをもたないこの絵に対して、司馬はいう。

「私は、じつに小さな、絵としても小さすぎる魚いっぴきを描いた《魚児図》が好きである」

司馬は「好きである」というフレーズをしばしば用いる。特定の人物や作品に限らず、他人の随筆が好きだったり、モンシロチョウや黄色い花が好きだったりする。率直な好意の表明は、一つの手法のようでもあり、用いる場ごとに微妙にニュアンスが異なるようにもとれる。ここでは対象への哀切な共感へと導かれてゆく。

「ながめていて、魚児はどこへゆくのかという悲しみが、水のようにあふれてくるのである。すでにこの魚児においては、漢民族の運命などという次元には憑(の)っておらず、生命そのものの悲しみというものの中にいるようにも思われる」

魚児はどこへゆくのか、は「自分はどこへゆくのか」という画家の声でもあろう。《魚児図》は、苛烈さの鎧を脱いだ八大山人が一瞬もらしたかなしみのひとしずくではないか。水にとけだして見えない涙に寄りそった結びは、画家にささやくエールのようでもある。

先に見た《魚図》には、意志も力も感じられた。何らかの思惑が見え隠れしなくもない。が、あどけない魚児は無為自然である。白眼でも青眼でもない、つぶらな黒い瞳。悲しみをそのまま受けとめ、身も心も脱落した境地、一切のはからいが超越されている。思考の痕跡すらない。あるいは一周まわって意志以前に帰ったものか。運命に抗えず、ゆるやかに落ちてゆく体の、か弱くも強い「生命感」が

八大山人《魚児図》
《安晩帖》（1964）より
京都・泉屋博古館蔵

司馬の琴線にふれたかと思われる。

右上の「賛」には、夢で武帝に救ってもらった魚の逸話が書かれている。ある人が昆明池で釣をしていると、引いた糸が切れて獲物は池に逃れた。武帝は、鉤(はり)がささったまま水中であがく魚を助けてやる夢を見たという。身は自由になっても、魚は心まで自由になれなかった。異民族に支配され、同族がそれに追随する世にあっては、柵こそない水中でも気ままに泳げなかったのかもしれない。

*

「おどろくことが大好き」と司馬は書く。彼にとって「驚き」は興味や思考への入口である。驚きを受けて、渦巻いては深まる思考のやり場に困り、作品に昇華させる――という性癖を一度ならず自白している。たとえば『空海の風景』がそうである。空海について興味にまかせて調べを進めるうち、その生涯が「思想の卓越した論理的完璧さと同様、結晶体のように簡勁(かんけい)でむだがなく、端正でありすぎることに驚かされ」た。そうなると「自分自身を真言密教という宇宙体系のなかに融(と)けこませ、宇宙そのものにしてしまった人間として、私自身の驚きを文学化する以外になかった」(「高野山管見――金剛峯寺」)。のちにふれる『故郷忘じがたく候』も似たようなプロセスを経てうまれた。

「驚異(タウマゼイン)の情(こころ)こそ知恵を愛し求める者の情」「求知(哲学)の始まりはこれよりほかにはない」と

言ったのはプラトンだそうである。人間が驚きから考えはじめるというのは昔から自覚されていたとしても、入口からどう進むか、驚きの先は無限の道が開かれている。司馬はのちに「驚くことはたやすくない。大型動物を見て樹の上で跳びあがるリスのように、生れたままの、さらには素裸の感覚が、物を見、感じ、かつそれを表現する者にはいつも用意されていなければならない。その上で、さまざまな次元での比較や、比較を通じてやがて普遍的な本質まで考えてゆくことが、物を書くということの基本的なものである」と『この国のかたち』「言語についての感想（六）」で述べている。《魚図》の驚きに導かれ、司馬は八大山人の波瀾の生涯をかき分けていった。裸眼が失われていくとともに、材料はそろってゆく。そこから普遍的な本質へと思索を深め、やがて自身の美意識に忠実に物語はつむがれたのである。

蕪村のこと

司馬は江戸中期の俳人画家、与謝蕪村（一七一六—八三）の《夜色楼台雪万家図》について印象的な文章を残している。そもそも蕪村が好きであった。それも旧制中学で教科書に載っていた「春風馬堤曲」以来というからキャリアは長い。蕪村の詩情に惹かれ、晩年、「私は、蕪村に愛が感じられてならない」と書いた（「非考証・蕪村　毛馬／雪」）。

江戸の文人の詩情において、文章と画は不分離であった。《夜色楼台雪万家図》は蕪村六十代半ば、晩年の傑作である。

与謝蕪村《夜色楼台図》部分
江戸時代　個人蔵

……墨を基調とし、墨の濃淡が色彩以上の力をもって、夜の雪景をえがいているのである。

景観は、かれが住む洛中である。雪夜の空は深く、しかも一色の闇ではなく、雪を生みつづける天の気道を感じさせる。

東山らしい峰々は白く、波頭のように起伏している。くりかえすがその白は単なる虚ではなく、万物を生むという太虚の白である。山麓はあわく、中有のように淡い。

この時期の蕪村は病むことが多く、しきりに死を予感しはじめていたかのようである。中有とは、人間が死んで、つぎの生をうけるまでの間、七日あるいは無限の時間・状態のことをいう。

下界は、万家の屋根の波であらわされている。屋根はことごとく白い。蕪村は、その万家のなかの一家に踞まっている。仏光寺烏丸西入ルの町家である。

外は降りしきる雪である。想念のなかの蕪村は楼台にのぼり、東山を水平に見、洛中の万戸を見る。

ここでの万家の語感には、李白の「子夜呉歌」の「長安一片の月万戸衣を擣つの声」がひびき返っていたろう。李白は、夫を遠征にとられた妻のなげきを、万戸擣衣の声であらわしている。

蕪村にも、なげきがある。
等(ひとし)なみに衰えてゆくといういのちの嘆きである。
画賛では、「雪万家」とある。雪が動詞になっているところがすばらしく、動詞であればこそ流転のとどろきを感じさせる。万家ニ雪フル、雪フリシキル。人はたれでもこうだというように。……

体の弱ったときなど、とくにこの絵と賛によってはげましをうける。むろん、元気なときもそうである。

（一九九二年十二月『蕪村全集』第三巻月報）

一篇の詩のような趣きで、長い引用となった。最後にめずらしく個人的なつぶやきが見られるのは、年齢や体調ゆえだろうか。

記者をしていた昭和二十四年夏、司馬は大徳寺で南宋末の画家・牧谿(もっけい)の小品を見せてもらったことがあった（「断章八つ」）。「西洋の水彩画に似ていますね」と言い、憫笑(びんしょう)されたという。線を用いず墨の濃淡という色面だけで描く伝統無視の画法は、司馬には「西洋的」にみえた。それゆえ本国では軽んぜられながら日本で珍重された、その点に注目したのである。八大山人や蕪村に惹かれる感性が、いま日本でもてはやされている禅僧画家の作品にはとりたてて感動することなく、室町期の日本の一面を浮き彫りにする一材料に思えたらしい。八大山人や蕪村にあって牧谿にないものをはっきりと見ていたことになる。それはたとえばいのちの嘆き、心を寄せずにいられないかなしみであったろうか。

当時、大名のあいだでは「牧谿をもたなければ大名ではない」といわれるほど流行し、宋との交易では公私いずれの貿易船でも争うように求められた。そのため寧波(ニンポー)では偽作も盛んに行なわれたという。美の本質と無関係に売買の対象となる、見栄や私利による所有への揶揄がこの文章からは読みとれる。大徳寺で「憫笑された」とき、相手に「きみには牧谿のよさはわからないだろう」という表情がちらついていて、返事をする気も起こらなかったかもしれない。好悪や感動の外においても絵の語ることは尽きない。

鉄斎の仙境

南画でいえば、井上靖は六十歳を過ぎて、幕末から大正を生きた富岡鉄斎（一八三六—一九二四）に興味を抱くようになった。それまでは無関心、無関係、無縁と自覚していたのに、いつからともなく「なかなかいいな」と思いはじめたという。とくに鉄斎晩年の絵は、自分にとって「特別な意味を持っている」とまで感じた（「鉄斎の仙境」）。

鉄斎は似たような仙境を繰り返し描いた。それは井上にとって、不思議な明るさ、華やぎ、同時に静けさをも感じさせるものであった。技法や画賛でなく、井上は画布に表われた鉄斎の「心」に惹かれたという。日本や中国の他の画家が描く仙境とは異なり、絵のなかに入っていきたくなったとさえいうのだから、たとえば司馬が好んだ揚州八怪（清代の乾隆年間に揚州に集った八人の個性派の画家）や後述の石濤にも、また池大雅や与謝蕪村の仙境にもない魅力を感じたらしい。一座建立、自分も隠者になって絵に存在することを許してくれる、鉄斎は井上にとって唯一の画家となった。真似をして、自分の理想郷をつくり出して描けたら、贅沢にもそこに自分を遊ばせることができたら、と夢想するほどに。

そんな鉄斎は、晩年になるに従って「日本的仙境」が絵にあらわれてきた、と井上は指摘する。描かれたのが中国の山奥であろうと、画面からは、やわらかい陽光、日本の風が吹くのを感じる。だから日本人が抵抗なく入ってゆける、ゆっくりと散歩をしたら楽しそうな仙境がそこにある——おそらく自身の老いゆく心境と、鉄斎の絵はぴたりと合ったのだろう。

高階秀爾氏が回想している。

「「鉄斎の仙境」を書かれた時には、それに先立って京都でまとまって鉄斎の作品を特別に見せて貰う機会があり、私もいっしょにお伴をした。その時、井上さんは、一点一点の作品を静かに眺めながら、用意した大学ノートに何かしきりにメモを取っておられた。いつもごいっしょする時はほとんど話の絶えたことのない井上さんであったが、この時だけは、ほとんど一語も発せず、黙って作品と相対峙しているだけであった。まさしくそれは、井上さんにとって一期一会であったに違いない」

井上の第五詩集『遠征路』（一九七六年）に、鉄斎が亡くなる二年前、八十七歳で描いた《心遊仙境図》を題材にした詩がある。

仙境

鉄斎描く夥しい仙境画の中で、一つを択ぶとすれば「心遊仙境図」というのを挙げる。仙境は巨大な岩のうてなの上に築かれている。滝は岩壁にかかり、流れは岩の肌の上を奔っている。楼閣も、亭も、岩の上に営まれ、数少い樹木も岩の上から生え立っている。どこにも人の姿はなく、巨大な岩の舞台の裾を洗う潮の音が聞えているだけだ。この孤絶した無人の理想郷に月を配してみると、おそろしいほど荒涼としている。まるで冥界だ。八十七歳の鉄斎は、自分以外の誰もが足を踏み込むことのできない仙境を描いたのだ。深夜こっそりと、月光を浴びて、彼はその中に入ってゆく。

意外にも荒々しく厳しい画風の仙境を、ここでの井上はたった一つの選択として挙げている。やわらかい陽光はなく、心地よくゆったり散歩することを許してくれそうな景色ではない。そこに、井上は描かれていない月を配してみる。孤独を突き抜けた、自身のゆくてを無意識に予見しているかにもよめる。

鉄斎の画業の年齢による変化について、司馬が語ったことと合わせて読むと興味深い。

「富岡鉄斎の五十代までの絵は別人のものですね。四条円山派の様式や技術の約束事にしばられていて。……ところが、年とってからは、水墨でも、あい色もしくは赤色の衣装といったように、豆つぶのような人物に一つだけ色を入れたりする。たいへんなカラーリストで、目に痛いようなカラーを感じさせますが、そういうのは、色彩を多用した五十代まではありませんね。六十を過ぎてから、鉄斎は別人になっていくわけです」（山村雄一氏との対談「生と死のこと」）

司馬の説でいうと、井上が惹かれた鉄斎の絵は、「別人」になってから描かれたものになるが、司馬がここで言っているのはじつは「脳軟化――ボケの話」である。絵の変化は、情報量が少なくなってきたためでもあって、しかしそのことは決して否定的に語られてはいない。むしろ「五十代のときの美人画」を「およそ鉄斎の絵ではない」と述べていて、鉄斎が本領発揮したのは「別人」になってから、と言いたいらしい。

司馬が「情報量は多過ぎないほうがいい」と水を向けると、免疫学者の山村雄一氏は「たくさんの色でチカチカ光っている広告塔みたいな人生を送ってきて、ある年齢に達すると墨絵の世界に入ってしまい、よけいなものを全部捨てる。そうするといい絵が描けたり……ということになるのかもしれませんね」と応じる。とすれば井上は、よけいなものが棄て去られた鉄斎の冥界の境地に、我が身を無意識にひきよせていったことになるだろうか。

石濤の風韻

石濤（一六四二―一七〇七）は、八大山人と並んで司馬遼太郎が「大すき」とのべた、明末から清初に生きた画家である。

「（富士正晴の絵画は）仮りにいえば、明末清初の八大山人とか、同時代の石濤にかさねれば、いよいよもっともらしい。／私はこの二人が大すきである」（「遊戯自在 富士正晴」）

その画家の名「石濤」がタイトルとなった井上靖の小説がある。七十三歳、亡くなる十一年前の短篇で、本人を思わせる作家の語りで終始している。痒みをともなうアレルギーに突然おかされた

石濤《谿山散水》
年代不詳　個人蔵
永原織治編『石濤　八大山人』（日本ジャーナリスト協会、1964）より

主人公のもとに、ふいに石濤の画軸が舞い込む。夜中にウイスキーの水割りを飲みながら眺めるうちに、症状が消えていく。まったく無関係なようで、なにかしら精神的な因果を考えさせなくもない。似たようなことが実際にあったのかもしれない。

原因はおろか、突然のように治ってしまう理由もわからないアレルギーという同病をもつ身には、実に気になる物語である。《湖畔秋景》というこの絵は、「蕭条落莫（しょうじょうらくばく）たる湖畔の荒磯が、石濤らしい筆致と風韻で描かれています」「石濤の住んでいた揚州の附近となると、湖は太湖ということになりましょうか」とあり、主人公は石濤をよく知っており、真物であれば第一級に近いと感じている。

ただし美術品としての吟味に筆は費やされない。一幅の絵がさまざまな転変を経て自分のもとにやってきた来歴に着目し、想像が膨らんでゆくところが「玉碗記」「漆胡樽」を書いた井上らしい。やがては絵を持ち込んだ老人が急逝したために取り戻しにやってこない、というところまで仮想は及ぶ。挙句にある晩、絵と向かい合ううちに老人の声が聞こえ、会話を交わすようになる。荒涼たる荒磯の風景にアレルギーをいやされ、安眠を促されながらも、老人に憎まれ口をたたく作家は

「執着などないのだ」と言わんばかりに、さっさと手離してしまいたい気分を吐露する。結局、想像上の発言者とはかけ離れた人のよさそうな老人が遅れを詫びながらやってきて、絵を引き取っていった。

「舞い込んで来るのも突然でしたが、消えるのも突然でした」

主人公は石濤画の来歴の一部を担ってしまったが、あれほど悩まされたアレルギーもいつしか忘れがちになったのと同様、石濤の絵ともそのような出会いであり、そのような別れであった。他の誰でもなく、アレルギー持ちの主人公と突然舞い込んだ石濤との、やはり一期一会の物語。七十歳を過ぎた作家とそのような関わりをもてるのは、ねっとりと重厚な油絵や西洋の名画ではなく、石濤のような風韻をもつ絵でしかなかったのである。

三　狂気と「文学」——ゴッホと鴨居玲

ケント紙の素描

「なんとすばらしかったことだろう」

そう回想するのは、カタログに小さく印刷された一点の素描である。

ゴッホの《宝くじを買う人々》。原物ではないその絵に、司馬遼太郎はなぜそれほど感動したの

フィンセント・ヴァン・ゴッホ《宝くじを買う人々》
1882年　ヴァン・ゴッホ美術館蔵

か。

「着ぶくれた十数人の下町の男女の背中がかさなりあっているだけ」の構図。しかし、「単なる造形意識の所産ではない。見つめているうちに一人一人の暮らしや性格、さらには儚(はかな)いものに託するしか仕方のない事情までうかびあがってくる」(「裸眼で」以下同)と思えた。

そのときの司馬は、「がらにもなかった」美術記者の仕事から解放されたあとだった。なんの義務感もなく、目の前の絵にただ対峙すればよい。すると、「ゴッホが感じつづけてきた人間という存在への強烈な——自分が他者だという——思い入れが、小さなケント紙の中に、痛みとともに息づいている」のが伝わってきた。魂が共振するような、心の打たれ方だった。

「こういう作品をも——こういう見方をも——近代絵画が排除すべき文学性であるとすれば、われわれはどういう絵画をもっているのだろう」

絵画史上に残る名品ではないが、「美術記者でなくなったあと」に目にしたゴッホの素描は、司馬には特別な重みをもっていた。出会いとは、そういうことかもしれない。

弟テオに宛てた手紙にも、司馬は「根源的とさえいえる文学性」を感じるという。「生きつづけることすら困難なほどにつよく、かつ固有な倫理的偏執があった」ゴッホの、それが「唯一の爆発性をもつ感情」であり、司馬が「文学性」とよぶものである。だから、ゴッホの絵を理論的に分析し説明しようとすることには、軽蔑に似た思いしか抱けなかった。

絵画の「文学」

風景画に描く自然にも人間の姿を投影させたゴッホの絵は、司馬に言わせると、おのれの地殻の中でマグマのように動いている感情の噴出である。噴出が表に現れる前は「文学」であり、さらに文学となる前は、「倫理」であったという。そこに普遍性をみた司馬は、「人間が人間として描き、人間が人間の描いたものとして見る絵画というものは、大なり小なりゴッホ的なものだと思えるときに、私の絵画に対する気分はやすらいでくる」と述べる。ゴッホの描くものは、絵というものの根源を象徴しているとさえ感じるのだと。

言葉で比較したり評価できるものでなく、個人の自由な内面がそのように表現せざるを得ない、司馬にとってゴッホのそれは、命がけの勢いで表出した境地としての絵画だった。

免疫学者の山村雄一氏を相手に、皮膚感覚や人間の距離感を述べるときにも、司馬はゴッホをもちだしている（『国家と人間集団』）。一例として、暗いランプに照らされてジャガイモを囲む四人を描いた《馬鈴薯を食べる人びと》は、それぞれの男女の性格や暮らしまで想像させる。それに対して、たとえば浮世絵の平板な色づかい、動きと形をとらえる線は、日本人の〝動物度〟がやや稀薄なところに起因する、と司馬は感じている。その淡白さに比べて、ゴッホにはぬめった皮膚感覚で真実を語り、観るものを引き込んでゆくたくましさがある。それは文学と共通する力である、と。もっとも描いた当人は浮世絵を好んだのだから、よしあしを言うのではない。ただしゴッホが自作に取り入れた浮世絵は見るからにえぐく、ぬめっている。同じ馬鈴薯も、ゴッホが心を塗り込めたそれは、人間の見えない部分までも映してしまう、司馬にすれば、それこそが文学といえるものなのだ。

同じ山村氏との対談「生と死のこと」（前出）で「心」について語るさい、司馬はこんな話をしている。

「たとえば風が吹いてきたときに、文学的にならない人は困るんです。ハンモックにゆられてて、風が吹いてきたな、いい気持ちだな、これは五月の風だなと。……科学ではなく、全部文学に属する感情でしょう。分化されて専門化した世にいう文学でなくて非常に自分の心が清浄になっていく気がするのは、文学的なことです。自分が文学化してる感じってあるでしょう。これが大事だと思うんです。そういう人が、信用できるんです」

司馬の「文学」は心が清浄になっていくことと根を同じくしており、それを無意識にやっていたゴッホは彼にとって信用できるのである。おそらく井上靖に対してもそうであったと思う。

冒頭の「なんとすばらしかったことだろう」という口吻は、ゴッホゆえに表現しえたかなしみや魂の発露に寄り添い、向き合えたよろこびを含んでいる。ゴッホとの出会いなおしは、記者（ジャーナリスト）卒業の門であったかもしれない。

ゴッホをたどるオランダの旅

司馬のゴッホ熱は続いた。『街道をゆく』でオランダを訪れ、ゴッホの足跡をたどったのは六十三歳のときだった。

「私はゴッホの絵がすきである」

そう宣言しての、「才能を抱かされてしまった者への悲しみの旅」と「すこし気どって」いえば、そういう旅であった。百年以上前にゴッホが呼吸をしていた空のもと、〝楽しくはない〟〝観る人を疲れさせる絵〟を描かざるを得なかった「変った人」に、やみがたい共感を寄せながら旅は進む。「フィンセント・ファン・ゴッホについて、なぜこうも思案しているのか、読者に訊かれないうちに、自分に質問したいほどである」という紀行は、文庫本で七十四頁分に及んでいる。『街道をゆく』のなかでも一つの主題としてはかなり執拗なおっかけだ。例によって、実際の行程に沿った記述にとどまらず、思索がふんだんに盛り込まれ、絵画について以上にゴッホの内面への旅がえんえんと展開している。世間から評価されず、愛に飢え、人を愛さずにはいられなかった不滅の天才。現世では短命でめぐまれなかったが、死後において華やいだ、という点で、ゴッホ自身が好きだったイエスに似ているとも指摘する。

唯一の理解者であった弟テオが母に知らせたように、ゴッホが「いかに深く考え、いかに自己に忠実であったか」、という点も、「倜儻不羈」の精神を好んだ司馬がゴッホに惹かれた一因であっただろう。テオに賛同してゴッホに「魂の切片」を見、「世間が共有すべき普遍的なもの」と感じたのではないか。

ゴッホはテオへの書簡のなかで、

「昔の大家たちの絵のなかの人物は働いていない」

と書いたという。農民や織物工などをモデルにしたゴッホは「働くという心と動作と悲しみを偏愛した」と司馬は解する。「変った人」ではあるが、ゴッホを精神異常とは考えず、精神病院に入ったのも「自分に自信がもてないとみずから診断したため」の冷静な判断であったとみる。「やさしかった」ゴッホは、「決して異常者ではなく、知情意において卓越し、十分な平衡感覚をもっていた」というのが司馬の――おそらく信念である。

自身のゴッホへの入れ込みについても一考し、唐突に

「ゴッホを考えることは、自分で自分を解放するということであるらしい」

と書いたりもする。しかし、解放や自由は、おそろしくもある、とも。人は慣習のなかで生きており、絵でいえば「絵とはこういうもので、こう描くのだ」と、固定概念という慣習にくるまれていれば気楽このうえない。自由でなくても、奴隷の気楽さのもと、技術の巧拙だけを気にしていればいい。逆に固定概念からとびだして「自由をえれば、自分で自分の体内の脂肪を焚いて体温を保つしかなく、なにごとも自分で考え、自分で実行し、批難の矢はすべて自分の胸で受けざるをえない。／ゴッホは真に自由を得た人だったが、その生涯はそれだけにつらかった」と、ゴッホに憑かれて自問自答しながら、こんなこともいう。

「ゴッホは、絵が上手な資質の人だったとはおもえない」

世間でいう（この世に存在する形を酷似させて描いてみせるという）画才とゴッホの資質はすこしちがっていて、司馬いわく、それこそが数世紀に一人の天才の画才であった。当時の美術学校や画商の家系である親戚たちや、世間のほとんどの人が無視したゴッホの絵は、「固定概念からはなれすぎていた」。司馬自身も「デッサン力に欠けるのではないかと私にも思えたりする」のだが、ひしゃげた農婦の顔も、木のこぶのような農夫の手も、「ゴッホの目にはそのようにしか見えなかったのである」。彼にとっては真実でしかなかったのだ。そして上手ではないその絵が人に強烈な印象を与えるのはなぜか――と柳宗悦や棟方志功を例に出しながら――、ようするに技術ではない。これまでになく説明を重んじない絵は、巧拙よりも、いのちを感じさせてきたのだ、とゴッホの核心に迫る。

「ゴッホの絵画にあっては、線も筆触（タッチ）も、どれもが単独でも生きものとして動き出しそうで、……「ひまわり」のような小品でさえ、いのちを感じさせる」

「ゴッホの絵は、目で見るよりも前に目で触れてしまう感じでもある。筆触に、いのちの粘膜を感じさせる」

「（山の谷あいを描く「峡谷」でも）自然から離脱し、独立して存在する〝自然〟なのである」

ゴッホの死後、「ひとびとの目からウロコがおちるように」彼の〝奇異さ〟がはずれると、名声が誕生し、その絵が「生命の哀しみの表現」であることが理解されるに至った。

「ゴッホは、精神を絵画にした」

説明するものではなく、彼の絵は司馬にとって稀有な「文学」にほかならなかった。自己の精神を表現するのに自己の皮膚を剝ぎ、自己そのものを画面にひろげてみせた、そんなことのできる画家が他にどれほどいるであろう。そういう魂に魅かれるのだ、司馬という人は。

レンブラントとゴッホ

司馬はゴッホの足跡を訪ねる前に、ゴッホより二世紀前に同じ国で生きたレンブラントのゆかりの地ライデンを訪れている。ハルスやフェルメールも生んだ「絵画の国」オランダでも知名度は群を抜いている。司馬の評価も高い。

「あらゆる点で、レンブラントが、人類史上最大の画家の一人だったと思っている」

とくに代表作《夜警》に圧倒的なかがやきを見る。ただしそれはあくまで評価であり、レンブラントの絵を「好き」とは言わない。「どうも、この町がすきである」とライデンは気に入ったようだが。ここでは画家の生涯を振り返りながら、《夜警》ではなく、やはり有名な《トゥルプ教授の解剖学講義》について考察している。ベッドに横たえられた解剖対象の刑死人を教授と受講者七人が囲む場面を描いたもので、受講者の真剣な表情と、自信と威厳にみちた教授の知的な表情に、「筋肉の構造や機能について講じている先生の声まできこえてきそうであり、受講者の息づかいまで匂ってきそう」「絵画でありつつ、演劇的でもある。人間のいのちの緊張が、表情としてあるいは動作として表現され、しかもその瞬時が凝縮されている」と讃辞を惜しまない。

「人間の深奥をつかみ出し、その深奥を動作として表現し、また群れとして展開させた」点において「レンブラントに比較できる画家を人類はもっていない」という最高の評価は正確かつ冷静で、ゴッホへの熱との違いは明らかである。

「ゴッホがもし十七世紀に生をうけていれば、とてもレンブラントのような画家になれなかったにちがいない。レンブラントの場合、対象を再表現するために――説明するために――稀代の写実力をもっていたのである」

写真機が出現していた十九世紀という時代の差もある。写実力に頼っていられなくなった画家たちは精神に向かったが、その道は多様であるだけに多難でもあった。自己の精神を露わにするといっても、多くの場合は「あらわすに足る自己など持ちあわせていない」。そのなかでゴッホは「自己を透明化しようとした」。そのさい自分に対しての研磨剤として「抑圧された人への共感と愛、自己がこの世に無用でかつ醜いと思いこまされてしまっていることへのやりきれなさ、それでも生きてゆかざるをえないという人間の根源的なかなしみ」を用い、自身をレンズのように磨いた。透明化とは、客観化ということである。レンズ磨きの作用を自己確認するために書かれたテオへの手紙は、そこまで透明化＝客観化されれば、個人的書簡をこえて普遍化される。そして「人間の根源的な、であればこそ普遍的な魂の報告書」は人の心をう

レンブラント・ファン・レイン《テュルプ博士の解剖学講義》
1632年　マウリッツハイス美術館蔵

ち、絵とともに「文学」となったのである。なにやらレンブラントまでがゴッホの唯一性を浮き彫りにする役に回された感がなくはない。

が、ここで一つの、じつは私のなかにもわきはじめていた疑問が呈される。絵画の造形性を重んじたセザンヌが、

「文学的に絵画を見るのはまちがっている」

という意味のことをいったことにふれ、司馬は「その悲痛な生涯や自虐的な死をドラマ化してゴッホの絵を見がちではないか」と自問するのである。しかし、どうもちがう、と自答する。

「ゴッホのような絵画は当然ながら個人の精神史が付属せざるをえず、かれの場合にかぎって、絵と文学は不離といわざるをえない」

微かに無理を感じないわけではないが、少なくともそう主張する司馬の本気は伝わる。いかなる流派からも外れた存在であるゴッホには、定理などない。画家は、セザンヌ派になるほうがラクなのである。しかしそんなことはできたはずがない。

「ゴッホはゴッホにとどまっている」

たんたんとした結論で、公式化できない唯一の現象としてのゴッホへの旅は幕を閉じる。

前置きとして「私はゴッホの絵がすきである」と書いた司馬は、ゴッホという人間がどうしようもなく好きだったのだ。

井上靖とレンブラント

レンブラントに関しては井上靖にもまとまった文章がある。代表作《夜警》に注目はしているが、数多くのこされた自画像にもっとも関心を抱いたらしい。一九八一年、七十四歳になってオランダを訪れたとき、画家の最晩年の二作品を見たことを最大の旅の収穫として「レンブラントの自画像」は書かれた。自画像のみならず、家族など周辺の親しい人たちの肖像もたくさん描かれており、井上はそれを年代順に並べてみたい欲求に駆られたことがかつてあったという。波瀾に富んだ六十三年の人生における華やかな時期、逆に失望や絶望の時期が自画像や肖像画にどう描かれたかへの興味からであった。

レンブラント・ファン・レイン《自画像》
1669年　マウリッツハイス美術館蔵

レンブラントが人生の明暗に流されることなく、「逆境も、不幸も、そのすべてを画業の大成に使っている」点を、自身の作家人生に重ねてみたのかもしれない。二十代から六十代までの自画像八点を挙げ、「画家としての己が使命ででもあるかのように、絶望も描き、失意も写しとっている」ことに感じ入る。ゴヤと同様、あるいはそのような妥協のなさを井上は好み、あるいは自らの指針にしようとしたのではないか。

「レンブラントの怖さは、己が表情と共に、己が内面の心をも余すところなく写しとっていることである」

とりわけ没年の「堂々たる風貌の」自画像、つまりこの旅で井上を大いに感動させた、「黒っぽい着衣を纏(まと)い、多少横向きの顔をこちらに向け、その顔だけに光が当てられている」作品となると、二十代で手にした名声や美しい妻など得意であった時代は過ぎ去り、さらに五十代の淋しさと諦めのにじんだ表情をも正確に仮借なく描き切った時期をも通過し、実際は困窮と孤独で一番辛く淋しい時期であったかもしれないにもかかわらず、「いささかの暗さもない。もういかなる不幸にも心を動かされはしない」「ここに大レンブラントが居る!」、そんな感激を抱かせた。「そう簡単には立ち去ることはできなかった」というほどに。七十代の井上が自身を置き換えてみるには格好の一点だったかもしれない。

また「私個人としては肖像画家としてのレンブラントの方に脱帽したい思いを持つ」という井上は、旅においては《ある家族の肖像》に一番大きい感動を受けたと述べる。肖像画を支えるものは、「描かれている人物の表情、姿態からその内面的なもの、つまり性格や心情を引き出すことができる」点である。最初の妻サスキアとの間に生まれた四人の子のうち三人は一歳足らずで亡くなり、残った息子ティトゥスはレンブラントが亡くなる前年にこの世を去っている。さらにティトゥスの寡婦となったマグダレーナはレンブラントの死の十三日後に亡くなったという。描かれた家族の、「ひたすらにおだやかな、どこかに一抹の悲しみを漂わせている団欒(だんらん)の美しさ」。これについては

レンブラント・ファン・レイン《ある家族の肖像》1665／68年　ヘルツォーク・アントン・ウルリッヒ美術館蔵

「レンブラントの才能を以てしても、そう簡単には生み出せるものではない」と特別視する。画家本人を超えた美の世界が現出していることを、井上の眼は絵の前に立った瞬間、つかんだようだ。小説家の洞察というものだろうか。「三つの死が額ぶちとなって、これを支えているのである。相次いで起る三つの不幸な事件の間に、恰もその間隙を縫うようにして、このレンブラント最後の傑作は生み出されている」——ここで井上は、最後の自画像に描かれた画家の顔を思い浮かべる。「もはやいかなる不幸にも動じない、六十三年の生涯の果てに行き着いたあの顔にして、初めて為し得た作業であろう」と。

《夜警》については、集団肖像画の中でも名作で「他の誰もの追随を許さぬ独自な資質と才能を見せ」ているが、さまざまな解釈は絵の前では無意味に思われるほどで、キャンバス上に再構成されたドラマを、「奥行き深く配されている一人一人の人物の表情やその身のこなしを見ていると、いつまで経っても倦きることはない」と順当な讃辞にとどめている。

司馬と同様、レンブラントへの評価は世間に違わず高い。が、興奮の度合いはいずれも比較的落ち着いている。それを思うとき、井上のゴヤへの熱中とともに、司馬のゴッホへの熱量が浮き彫りとなる。

司馬のゴッホ熱の根っこには、おそらく「狂気」がある。一概に狂気といっても、常識人（と見られる人）がそれをもちあわせていることは少なくない。行為に表われるか否かの違いだけでなく、狂気と正常の境界線をはっきり引くことは難しい。また狂気を抱えていたといわれる人がすぐれた仕事をのこした例はいくらでもある——たとえばフランスの思想家シモーヌ・ヴェイユやイギリスの作家ヴァージニア・ウルフ。彼女らに深く共感していた精神科医の神谷美恵子は、自身にも似た性癖を自覚していたと中井久夫氏は指摘しており、ゴッホの絵をみて「あの樹一本をゴッホの様に描き出せたら、もうそれで死んでもいい」と日記に記したことにはその一端を垣間見る気がする。死と引き換えにしても人の魂をゆさぶるほどの表現をなしうることへの憧憬。それは「デーモン」とも呼びうる無意識化された人格あるいは才能の衝動（内科医大井玄氏の説明による）のなせるわざであり、狂気と相通じるものでもあろう。

まるで推測にすぎないが、神谷と似た思いが司馬の脳裡をかすめたことはなかっただろうか。あまりに巨大な才能をもった人間は、しばしば狂わずにいられない。おそろしさの裏で、中途半端なままでは表現者でなく批評家に甘んじるしかない。ゴッホにはなり得ないとしても、何かしらの願望めいたものが司馬の脳裡をかすめはしなかっただろうか。

狂気は人間性に内包されている、とミシェル・フーコーは述べたという。誰がいつ発動させるか、本人も知らない。それは創作物や人生にどう影響するのか——。破壊的にもなり、創作においてのみ昇華させることも、その中間のグラデーションも、人の数だけあるだろう。

ゴッホもウルフも自ら命を絶った。三十四歳で餓死に近い死に方をしたヴェイユも自死の要素は否定できない。凡庸でない何かを生み出すデーモンへの憧憬は、命がけである。しかし本気で文学や芸術を志す者が抱いても不思議のない感情ではなかろうか。

思い出されるのが、司馬が井上靖のうちに感じ取った、秘められた狂気である。

《星月夜》の本当の夜

井上靖はゴッホをどう見たのか。

ニューヨーク近代美術館で二度、《星月夜》の前に立ったときの印象を詳述しているが、七十前という年齢のせいもあるのか一見、落ち着いた態度で回顧している。死の前年に描かれた「最もゴッホ的な」作品に、特別の印象はもたなかったかにみえる。

「ニューヨークの近代美術館でゴッホの《星月夜》の前に立った時の印象は、それほど強烈なものではなかった。……サン・レミ時代、死の前年に描いた最もゴッホ的な作品の一つはこれであったかと、そういう思いは持ったことであろうが、そのほかに取り立てて言うほどの打たれ方はしなかったと思う」

司馬との温度差は明らかだ……と思いかけたとき、井上はふいに、こう叫ぶのである。

「あそこには静かな夜があった！」

そこに本当の夜が描かれているということに他ならない、と。

本当の夜――。

井上が《星月夜》で目に留めたのは、夜空を突き刺すように画面の左側に描かれた糸杉であった。

フィンセント・ヴァン・ゴッホ《星月夜》
1889年　ニューヨーク近代美術館蔵

それは「自分自身であるに違いない」と。このころのゴッホは糸杉を繰り返し描いているが、この絵では、「自分だけがいま眼覚めて、天空と地上の壮大なドラマに立ち合っている……自分の代わりに一本の糸杉を置いたのではなかったか」。糸杉はゴッホの自画像だというのである。ゴッホが「自然すら、人間の姿を投影し、感情すら持たせた」という司馬の言葉と符合する。さらに二人の見方が共通するのは、多くの人がそうであろうが、ゴッホがゴッホらしい作品を描いたのは、死の直前であったということである。

「精神病の発作を養ったサン・レミにおける一年間の作品が、際立ってゴッホ独特の烈しい生命感を漲(みなぎ)らせてくる」、そのとき「ゴッホが本当のゴッホになっている」。描かれた静かな夜は、幻覚でもなければ、孤独感の表出でもない、「ただただ正確に夜空を描いている」、ゴッホの見た本当の夜なのである。

ゴッホが精神病であったことを、井上は疑ってはいない。「彼は自分の仕事のことしか認めていない。彼は世間普通の人として生きる時間も、常人のいわゆる休養の時間も持たなかった」と。するとゴッホは「常人ではない」のである。

「彼は希望に燃えているか、苦しんでいるか、絶望しているか、そうした時間しかなかった」

そうでなくては、とごく冷静に肯（うべな）っているとも受け取れる。なぜか。自身もそうだからではないか。

非凡な正確さ

井上は、ゴッホの絵の〝非凡な正確さ〟を強調する。われわれの心の中に仕舞われてあるものを、ゴッホは正確に描いてくれる、という。パラドックスにも読めなくはないが、これこそ真を突いているとも思える。

ゴッホは、肖像を描いた医師ガッシェ博士を「自分と同じ狂人である」と弟テオへの手紙で書いたという。とすればゴッホ自身、自分が狂人と思っていたことになる。その彼が、人間が内に秘めた普遍的なものをごく正確に描いたのなら、人はみな多かれ少なかれ狂気を内にもっている——井上はそう確信していたのではないか。ならばゴッホに驚くことはない、一貫して冷静に向き合えたゆえんである。

唐突かもしれないが、井上は、「最後まで三島由紀夫に対しては、奇妙なこだわりをもっていた」と娘の黒田佳子さんが書いている。個人的な交際はなかったが、初めて三島邸に招待されたとき、白壁の洋間の正面に突き出した階段から、舞台で登場するごとく白い背広に蝶ネクタイの三島が迎えたという。「帰り道、僕は、ああ、駄目だと思ったね、この神経に慣れることは絶対にない」と沈んだ表情で語ったのを聞いたのだそうだ。その後も三島の話をすれば必ず不機嫌になったが、彼の神経に「違和感をもちながら、引き寄せられてもいる」と感じたと黒田さんは書く。自衛隊市ヶ谷駐屯地での自裁事件の日は、テレビで繰り返されるテラスでの演説風景に「もう、消してくれ」と書斎に引っ込んでしまったという。三島の狂気の表わし方にもどかしさ、あるいは嫌悪を感じていたのであろうか。「紳士的」といわれた井上靖に潜在していた一面をみる思いがする。ひるがえって、井上の「狂気」は、どこか淡々とした大人（たいじん）のスケールさえ感じさせる。

井上が感電したように憑かれたのはゴヤであった。かたや司馬が自身でも収まりがつかないほど惹かれたのはゴッホであった。ただ井上が憑かれたのはゴヤの成した仕事であり、司馬が惹かれたのはゴッホという人間であった。いずれにしろ自分が放っておけない対象を二人はそれぞれの表現で〝再創作〟したといえるかもしれない。

卑しさのない鴨居玲の絵

司馬が記者をやめてから出会った画家に、鴨居玲（一九二八―八五）がいる。社会や人間の闇を描き、病や創作の行き詰まりで自殺未遂を繰り返した後に五十七歳で自死を遂げた洋画家である。下着デザイナーの姉、鴨居羊子と司馬は旧知であった。羊子は読売新聞学芸記者時代の同僚、森島瑛と組んで会社を経営しはじめるのだが、司馬が美術記者時代に唯一友となったのが森島だった。その二人の会社に立ち寄ったとき、鴨居玲の絵を見せられたのである。

昭和四十年初夏。すでに小説家デビューをしていた司馬は、森島瑛が「君にみせたいものがある」「このひとは、自殺しようとしているんだ」と言いながら見せてくれた写真版で鴨居玲の作品を初めて知った（「鴨居玲の芸術」）――この経緯は、別の文章では若干異なっている。「裸眼で」には、昭和三十年代の終わり頃、司馬が二人の会社に立ち寄ったところ、羊子が「玲ちゃんの絵があるよ」と三十枚ばかりの絵のモノクロームの写真を物憂げに持ってきた、と書かれている。すると、羊子の弟とわかって見たことになる。記憶の錯綜か、あるいはいずれかで意図的に変更されたかもしれない。

ひとまず前者であるとして、画家の名が伏せられていたため、「日本人ではない」と思いながら見つづけた。「その絵は、当時のいかなる流派からも独立していた」。「自分が描きたくてたまらない絵を、無我夢中で描いているといった作品だった」なにより驚いたのは、「描写のすばらしさ」と「卑しさのなさ」であった——「裸眼で」では「一枚ずつ見ていて、意外さに声をのんだ」とのべている。

ここで解説が入る。絵画は三パーセントばかりの卑しさを混入させることでしばしば大きな効果をかちえる、という説を紹介し、モナリザの微笑が例に挙げられる。それは画面の創り手が観る者へのサービスのために、隠喩性（メタファ）を発信するモノを添える操作をさすのだそうだ。ただし、文学性を否定して絵画を幾何学に近づけようとしたセザンヌにそれはない。また異なる理由で、「天成の文学者でありながら絵画の中にそのことが滲み出るのを我慢しぬいたゴッホにもそれがなかった」。

鴨居玲はといえば、そういう操作をはじめからしない。

「天然に、あるいはかれに絵をかかせる何かの慄え（ふる）によって絵を描いているだけ」のようであった。画壇という大向うや観客の意向など意識することなく、古代の舞踊のように神もしくは空（くう）を前

にして描いているだけかもしれない、とも感じた。

司馬が「鴨居玲の芸術」を綴ったのは、画家が亡くなって二年後、一九八七年であった。美術記者時代を回想して書く。

「当時の画壇になにやらふしぎな気分をもちつづけたまま、退職した」「そのころの私は、絵を見る記者でなく、むしろ絵画理論や、造形の形態の流行さらには画家たちを通して日本人を見たがる記者のようだった」「こういう癖(へき)は生涯ぬけそうにない」

鴨居玲《踊り候え》
1979年　個人蔵

言いたいのは、絵を描くことは個性の表現であるのに、明治の官立美術学校創立以来、日本に洋画で独創者はほとんど出ていないことであった。ヨーロッパの型の丸暗記からはじめざるを得なかった日本で、その導入が遅れた官展は「古い」とされた。しかし〝新傾向〟を受容して官展をのしった二科会などの在野団体にしても、個性が解放されたわけではなく、「模倣団体」という点で大差はなかった。フォービスムやシュールレアリスムをパリから持ち帰った里見勝蔵や福沢一郎も、新流儀の導入者といわれながら実際は〝衣裳の導入〟であって、そこに近代精神が興ったわけではない、と容赦がない。

鴨居玲は抽象画ばやりの時代に登場した。具象画は「賊」として敵視されていた。だから鴨居の作品を見て、「おどろいた」。絵画の〝正義〟が跋扈(ばっこ)し、〝不正義〟狩りが盛んにもかかわらず、餌食のような絵を描いていたのだから。

彼の作品は、「ゴッホのようにつよい文学的資質を感じさせながら、ゴッホもそうであったように、ふくらんでゆく文学性という堤防の穴を懸命に身をあててふさいでいるといった緊張感がみなぎっていた」。

司馬は「文学性」において鴨居玲にゴッホを重ねたのである。

数年たった昭和四十三年、画家は司馬の自宅を訪ねてきた。四十歳であった。

「私とは五つしかちがわないのに、青年としか言いようがないほど表情も心もみずみずしく、すくなくとも、人の世にまみれた濁りとかたけだけしさとかがなかった」

風貌に異彩があった。「もしかれが日本語さえつかわなければ、私はどこか遠いヨーロッパの小さな公国のひとと相対座しているつもりになったかも知れない」。

鴨居は司馬の時代小説「妖怪」に引かれた『閑吟集』にあるはやりうた「憂きもひとときうれしきも、思いさませば　夢候よ　酔候え　踊り候え」に目をとめ、スーツ姿の中年男性が滑稽なポーズをとるデッサンに「踊り候え」と題をつけたという。また「夢候」「一期は夢よ」なども画題に用いた。これらのフレーズは、彼の生涯と死を想わせる。

そんな鴨居の描いた人間を、司馬はこんなふうに綴らざるを得ない。

「すでに人間を飾っている属性というものはない。若さという自然があたえた恵みもなく、社会があたえた尊厳もなく、また生物として当然そなわっているはずの固有の威厳すらない」

「ただ生きている、という最後の生命の数滴がすばらしい描写力によってえがかれている」

「最後に自分を戦慄（せんりつ）させる友として酒をのみつづけている。人間としての威厳の最後のかけらが、酒によって鼓舞されているのである」……

自画像からきこえる悲鳴

多くの自画像を描いたことでも、鴨居はゴッホと共通している。しかし画風は異なる。鴨居の自画像はいつも、口をあけて、はげしく疲れを吐き出している。その口から蒸気のように小さな悲鳴をあげつづけることで、やっと生きていることを証拠だてている。

「かれは、他者を一度も描いたことがないのではないか」

「自分をシチュー鍋で煮つめきってしまえば人間一般の不変性というものが出てくるのではないかと思いつづけてきたのが、かれの制作のすべてだった」

ゴッホには無縁だった画壇意識が、たとえ鴨居に皆無ではなかったとしても、それは「悲鳴をあげつづけるかたちでの意識」でしかなく、「なんといわれようとも、これだけが自分なんです」と叫びつづけていなければならなかった、と司馬はいう。その叫びが彼を極度に自閉的にしたものか。曠野に立つ、人気（ひとけ）のない、窓のない異様な教会。それは（井上靖のみたゴッホの糸杉がそうであったように）自画像ではなかったか。ボロをまとった酔漢が自身であったように。盛りを過ぎて下半身をたるませた裸婦、いまを盛りの痴呆のように放心した裸婦もそうであった。

――ふと疑問がわいた。ひょっとすると、司馬は鴨居玲の作品を「好き」ではなかったのではないか。暗く、悲痛で、つらすぎて――。驚きはたしかにもたらされたが、絵に心から惹かれたのか、どうか。描写力の素晴らしさ、卑しさのなさ、まれな独創性、そして文学性を認めたことは、好きを超える意味をもったのかもしれないが――。

鴨居玲の絵には、ゴッホの絵には神への情熱ゆえにみられた「救い」がなかった、と司馬はいう。無神論であるために「人間の根源的な恐怖として老醜があり、古い紙のようにひからびた人生の記憶だけ」があったとも書く。しかし、おそらく司馬には素通りすることはできなかった。もちろん見なかったことにもできない。生きるつらさのなかでなされたぎりぎりの表現は、自己破壊するしかないほどのかなしさを背負っていた――人間・鴨居玲に寄りそって慄えることしかできなかった。

美術論であるはずの「裸眼で」は、こんなふうに口火が切られている。「美術という課題以前、というよりも、人間の衝動についての小さな事例のことから、触れてゆきたい」。何においても人間をみつめ、考えることを優先にした司馬の、美術においてもそうであることを示す象徴的な書き出しに、今は一層よめてくる。

「日本でただ一人と呼んでもよい本質的な制作者」と美術評論家の坂崎乙郎が鴨居を評したという。その言葉を読むたびに司馬は涙をこぼしながら、以下のように綴った。

「煮つめきるということは、結局は自分の体をすこしずつすこしずつ破壊してゆくことにちがいない。鴨居玲は、真の意味で自分自身を抽象化――空に昇華――させつづけた。当然、一作ごとに自己破壊がともなう。肉体のほうはたまったものではなかった。かれは心臓をすこしずつ破壊させてゆき、ついに停止させてしまった。

かれの全作品は、その生命そのものなのである」(「鴨居玲の芸術」)

文学が、人がいかに生きるか、を問うものであれば、司馬にとっての文学は、それ以上に「その人がいかにしか生きられなかったか」であった。意思をさしおいて、時代や狂気は人をそれぞれ、そのようにしか生きられなくする。かなしみを背負ったその姿に司馬はとり憑かれつづけたのではなかったか。

第四章　美術の先へ――それぞれのアプローチ

ここからは二人がともに心を寄せた対象へのそれぞれの思索や体験を、のちの仕事とも照らしながらたどってみたい――上村松園の美、三岸節子の〝生命〟、陶の世界――である。

一　美を超えたもの――上村松園

非の打ちどころがない美

「何にせよ松園描くところのものは美しい！」

昭和十四年（一九三九）五月、叫ぶように書いた井上記者は三十二歳。京都画壇のみならず、日本画壇において特筆すべき〝閨秀（けいしゅう）画家〟として上村松園の名を挙げた、「関西日本画壇展望」という記事である。「閨秀」は「学芸に優れた婦人」を意味する語で、今はあまり使われない。記事には「堂々男性大家に伍し今日の地位をかち得ている」「女の身でここまで来た」などの表現が平然とちりばめられていて時代を感じさせる。叫びはなお続く。

美しい上におおどかで上品だ。しかし、「ただ美しい」ということと芸術的価値とは違うとかなんとか文句をいう前に、六十五歳の女史が、なおあのみずみずしいイメージを持って、しかも後から後から美しい女人像を発表している、愕(おどろ)くべき潤沢(じゅんたく)な画才に敬意を払うべきである。

上村松園(一八七五—一九四九)は〝美人画〟の最高峰として知られている。彼女の描いた女性像の前で吸い込まれるように立ち尽くしたことのある人も多いだろう。井上は、単なる美しさと芸術的価値の違いをとやかくいうことなどここでは無益と言わんばかりに、老境に入った画家への讃辞を惜しまない。では松園の描く女性像は果たして「ただ美しい」のであろうか。

松園は自著『青眉抄』(「棲霞軒雑記」)で、「一点の卑俗なところもなく、清澄な感じのする香高い珠玉のような絵こそ私の念願とするところのものである」と語っている。努力や技術だけで成せることではないが、「現在の絵三昧の境に没入することが出来るようになるまでには、死ぬるほどの苦しみを幾度も幾度も突き抜けてきたものである」と凄絶な告白をしている。

松園をモデルにその生涯を描いたとされる宮尾登美子の小説『序の舞』は、文庫本で七百三十八ページ、原稿用紙で千五百枚もあろうか。ずいぶん前、それでも読みはじめるや惹き込まれて一気に読み終え、主人公「島村津也(つや)」のあまりに苦しみ多き人生を反芻(はんすう)してしばらく呆然とした。明治の京都に生まれた女が、超のつくほど男性優位の画壇に身をおいて自分の意志で道を貫き、これほど激しく生きたとは——。

生まれる前に亡くなった父の顔を知らず、腹違いの姉とともに母が小さな商いで育てた。好きな絵を志したが、本来悩むべき画道のみならず、なさぬ仲の師とのあいだに二度にわたって子をもうけ、十代で産んだ娘はすぐに里子に出してまで描くことを諦められない。

「ややを妊ったのを知ったとき、うちはいっぺん死ぬことも考えました。……お母ちゃんは悲しむやろけど、世間に恥さらしをせんで済む、そう思うたら死ぬのがいちばんとは判ってても、うちはやっぱり生きてて絵、描きたかった」

小説は津也にこう言わせている。さらに画壇の巨匠との秘めた恋愛にも苦しむが、当時の女として夢であった嫁入りを諦めてまで〝業(ごう)〟のごとく絵筆を手放すことはできず、どんな心の傷も絵に打ち込むことではねのけた。そうするしかなかった。

主家の娘が嫁入りする姿を前に、自分には「もう決してやってはこない幸福のかたちだと思うとひとりでに心は陥ち込んで来る」「子供まで産んでいながら今日もなお写生帖片手に櫛巻きの頭で駈けつけた我が身が、いまほどみじめに見えたことはなかったと思った」けれど、「空を歩む、朗々と、月一人」と呟きながら歯をくいしばり、見てきた花嫁姿を絵にして美術展に出品する。精魂こめた絵は、一、二等なしの三等銅賞五人のなかに選ばれた。その絵のモデルと思われる明治三十二年作《人生の花》は、実際「知人の娘の嫁入り仕度を手伝った際のスケッチから制作されたという本作は、前帯姿の母親や笹紅を配した花嫁の化粧が明治期の京の風情を伝えている。自らは叶わなかった花嫁姿を作品に託すことで、女としての幸せを封印しようとしたのであろう」と解説されている（『上村松園・松篁・淳之三代展』図録）。松園自身も「私の青春の夢をこの絵の中に託した」と述べ、画家として人生を歩もうと心に誓った確固たる決意を込めたという。

小説中、会場で作品にこんな賛辞が贈られる。

「美人描いて人形みたいに見えへんのは、これが初めてや。人物に魂が入ってる」

まさにそうであったのではないか。津也はやがて気づいてゆく。

「絵とは、楽しみながら描く余裕も必要だけれど、自身の身を切り、滴るその血を絵筆に含ませて描くだけの苛烈な覚悟がなくてはならぬ……」

絵によって苦しみ抜き、絵によって乗り越え、絵が人として磨きをかけ、成長させた。その過程で生みだされた作品が「成長」せぬはずはない。

冒頭の記事が書かれた昭和十四年、老境を迎えていた松園は、本人の言をかりれば静かな絵三昧の域に達し、その絵はますます深みをましていたことになる。

井上は記事で続ける。

「文展の「砧（きぬた）」にみたあの完璧の手法と品位、春紅会の「春鶯」、梅軒展の「時代美人」――と、この美人画の権威は老来ますますその画技の冴（さ）えをみせている」

しかし、である。美人画というものに、井上はそもそも無縁なものを感じていたという。松園の作品についても、「世人がやかましくいうほど、私は関心も興味も持っていなかった」。それがあるきっかけから変わっていったのである。

後年、井上が出会った芸術家たちの思い出をつづった『忘れ得ぬ芸術家たち』に、上村松園についての一文がある。それによると、松園のなかで井上が一番美しいと思った作品は、昭和十八、九年頃に上野の美術館で見た《待月》であった。

上村松園《待月》
1944年　足立美術館蔵

《待月》は、納戸色、つまりねずみ色がかった藍色の紗（しゃ）をまとった女性が、水色の地に白の模様のとんでいる帯をしめ、欄干によりかかって月の出を待つ図であるとのこと。同じ題をもつ作品が松園には少なくとも二点あり、いずれも藍色に近い紗をまとった女が欄干によって月を待っている。一方は大正十五年に描かれた縦長の絵で、後ろ姿の女性は、顔を見せない。しかし、結った髪と白いうなじが細身の体につながって流れてゆく自然な曲線は、得も言われぬほど美しい。以前これを井上が感銘を受けた絵として掲載した芸術誌があった。

もう一点は、昭和十九年の作品である。横幅の広い画面に、欄干に肘をついた若い女が組んだ両の手にあごをちょんとのせ、月を待つ。微かに見える横顔のあどけなさとほんのり帯びはじめた色気があわさって、なんとも愛らしい。

両作品とも松園の好みか、女がまとう紗の着物の下に朱色と白の下着が透けて見える。ただし「水色の地に白の模様の帯」という記述からすれば、後者でしかない。井上が上野の美術館で立ちすくむほどの感銘を受けた作品は、今は足立美術館に収められる《待月》、昭和十九年の新作であったに相違ない。

「確か夏のことだったと思う。私は美術館の中で、この作品の前を去り難いほどの感銘を受けた。ただわけもなく美しかった」

ほかに《牡丹雪》《静》などが新聞雑誌で喧伝（けんでん）されていたにもかかわらず、「私は「待月」という作品しか見なかった」。その美しさだけが記憶に残ったのだという。ただわけもなく美しい――記事には書けなかったが、その思いは脳裡に刻まれた。

烈しさと一途さ

井上の美術記者時代の語り草となっている創造美術結成のスクープについては、第二章でふれた。封建的な日本画壇で、伝統的な師弟関係に縛られてきた京都の若手実力作家らが官展と絶縁、在野団体を立ち上げた一件である。昭和二十二年秋、東京本社の学芸部からその情報を得た井上記者は、関西の事情を探りはじめ、上村松篁を訪ねた。「いま書かれては困るが、時期がくれば必ず知らせる」との答え。年が明け、松篁から他紙も動き出したときくと、「書きますよ」と告げ、翌日〝新在野団体結成の機運〟の記事が紙面を飾った。

後日、井上はふと気になって松篁に「お母さんは何と言っていました？」と尋ねた。松篁は「母は寒いから風邪をひかぬようにと、それだけ言いました。その他はなんとも言いませんでした」と答えた。それが井上にはひどく印象的で、なぜか最初に京都の美術館で会った時の松園の姿が眼に浮かんだという。息子の行動を深く憂慮しながら、是認して遠くから眺めている、松園という人は、烈しいものを非常に静かな形で心の内部にしまっている人ではないか、そんなふうに思われた。

井上が最初に松園に京都の美術館で会った、というのは、昭和十五、六年頃のこと。京都市美術館で開かれていた日展へ、東京で一度見ていたため、仕事の合間の時間つぶしに出掛けたときであった。人の少ない静かな展示室で並んだ作品を見ていると、品の好い小柄の年老いた女性が、絵を見上げていた。横顔で松園だと気づいた。「櫛巻きにしている髪の束ねた部分だけを青い布で包んで、それをかんざしで留めていた。松園以外の誰がやっても恐らく似合わぬだろうと思われる独特の髪の操作であった」。歩き方の極めて静かななかに、会場を悠々と遊泳している、そんな落ち着き払った感じが見て取れた。そして、どこかに少し、傲慢というか拗ねたところのある歩き方が強い印象を灼きつけたという。「芸術家として当然持っていたに違いない烈しさに通ずるものが、この時の松園にだけやや露わに出ていた」——。このあと三回会う機会があったが、その印象はどこかに消えてしまったからである。

二回目は一年後、京都の自宅を絵の依頼に訪ねたときであった。六十七、八歳の松園は、年齢をまったく感じさせない艶々しさで、用件をはきはきした口調で簡単に断った。とくに執着もない会社からの依頼であり、井上も落胆せず辞去した、そのとき。「玄関で靴を履いて振り向くと、松園は玄関の間へははいらず、その向うの廊下の隅につつましく坐って、こちらに顔を向けていた。そして私が頭を下げると、彼女もまた鄭重に頭を下げた。実に静かな感じだった」。往来に出た井上の眼には、老画家の坐っている物静かな姿だけが美しく残った。その後二度の訪問の時も、まったく同じ見送り方であったという。

戦後になって、談話をとるために一度訪れることがあった。そして創造美術の結成式がすんでまもなく松篁を訪ねたおりは、予期せぬ再会であった。ふいに襖があいて、すでに奈良に移っていた松園が姿を見せた。そして、「よろしくお願いします」と明るく言い、ちょっと椅子に腰を下ろしたと思うと、すぐに引っこんでしまった。マスコミで仕事をする自分に「息子のことをなにぶん頼みます」と伝えたかったのであろうが、その時の松園は、井上に「ほどほどのよさ」を感じさせた。息子への愛情におぼれず、かといって突き放しているのでもない、あたたかな節度。それが松園に会った最後であった。

のちに井上は書いている。

私には、名作と謳(うた)われる松園のどの作品よりも、松園その人の方がずっと興味もあり、美しく思われる。歿後松園遺作展が開かれたが、会場を歩いていて、同行者の一人が、作品を激賞していたが、

「松園その人はもっと美しかったですよ」

と、私はその人に言った。本当にそう思ったのである。

明らかに作品の美しさ以上に画家本人に、その内側からにじみだす美に、井上は強く引きつけられている。

「松園の美しさは、彼女が身につけていた一途さではなかったか」

わけもなく美しい絵を生みだす泉としての一途さ。まるで心の内の烈しさをとかしこんだような。おそらく美術館での最初の出会いから井上はそれを感じ取っていたのではないか。そこにはすでに小説家の眼差しがはたらいていたかもしれない。

突きとばされるような衝撃

とりたてて注目していたというのでなく、あるとき上村松園の作品に予期せぬ感銘をうけたのが司馬遼太郎である。その経験を「裸眼で」で次のように書く。

　どうして上村松園の絵を見て、どうしてあの時期におどろかなかったかと、突きとばされるような衝撃で思った。

「あの時期」とは、司馬が美術記者であった時期を指す。松園はすでに亡くなっており、遺作展や常設展などで作品を目にしても、気に留めることはなかったのであろう。当時、福田記者の頭は懸命に詰め込んだ美術理論で武装していた。それも西洋の理論が中心で、自身でも「激しさと悲しさ」において「そのころ現代日本画への理解が未熟すぎた」とのべている。足を運んで実作品に接する以上に、「ともかくなるべく過去の名作といわれるものをできるだけ多く見たいと思い、画集などを持っている人にせがんでは見せてもらっていた」(同)。そんななか、〝美人画〟への無意識の先入観が目を曇らせていたかもしれない。

「裸眼で」では美術記者の立場でなくなって息苦しさから解放されたいきさつを綴っている。「絵を見て自由に感動できるようになった」とき、松園の作品に裸眼で接し、突きとばされるような衝撃をうけたのである。

松園は、人間を装飾性の中にとじこめようとしがちな日本画家にめずらしく人間を人間としてみる関心があった。一瞬の動作をとらえて大きく人間に対するいとおしさを表現した画家は、松園のほかにたれがいたかと考えると、思いだすのに困難である。

自分は何を見ていたのか、何を見逃していたのか——。遅まきながら気づいた瞬間だった。日本画、まして美人画に多く筆を費やさない司馬がこのとき松園にふれずにいられなかったとすれば、後悔の大きさを物語っているかのようだ。自分を縛っていた枷(かせ)がはずれ、反動のようにあふれた思いはもはや抑えなくていいのだから。

一方ですこし穿鑿(せんさく)をすれば、『序の舞』の初版刊行は一九八二年、「裸眼で」が書かれた前年である。もしかしたら、小説によって松園の生涯に改めて思いを致し、感じるところがあったかもしれない。驚き、共感したとき司馬の心は動く、逆にそうでなければ素通りしかねないからである。「女性は美しければよい、という気持ちで描いたことは一度もない」（「棲霞軒雑記」）

そう松園は書いた。「芸術を以て人を済度（人びとを迷いから解放して悟りへと導く・引用者註）する。／これ位の自負を画家はもつべきである」と高い理想をも宣言する。それができない自分であれば、生きている必要はない、と幾度となく死を覚悟する人であった。井上が松園を初めて見たときの烈しさを彷彿とさせる。薄っぺらさや軽薄とは無縁の美が、裸眼を獲得した司馬の心を揺さぶったのは不思議ではない。

あるとき松園をほめると、同席していた人が皮肉っぽく「あれは『金色夜叉』のようなものですな」と言った。その物言いを苦々しく思ったものの、反論をすることはなかった。司馬は尾崎紅葉の『金色夜叉』を読んではいなかったが、おそらく相手の物言いに、いわゆる純文学と比べて大衆小説を一段低く見るニュアンスを感じ取ったのだろう。美術におきかえれば、作品そのものに目を凝らすのではなく、レッテルで価値判断をする態度である。そこでは松園の「美しい絵」は高邁な芸術作品ではなく大衆絵画として一言で片づけられるものでしかなかった。そんなふうに言わせるイデオロギーや体制におかされているところに自由はあるだろうか？　作り手の自由、観る側の自由が——司馬の声にならなかったつぶやきが聞こえてくるようだ。

女性の美しさを描写しない井上靖

井上靖はときに「女が書けない」と評された。「井上靖の魅力」と題して河盛好蔵、河上徹太郎、山本健吉、臼井吉見、吉田健一が一九五九年に「文學界」で行った座談会では、「男の情熱の手段になっている」「作者ももて余しているところがある」などと「女性描写に対する不満」が話題となっている。井上靖はペルソナージュ（人物）よりも人間のパッション（熱情）の方に興味があるのではないか、とも指摘するが、井上本人は「自分の小説で、いつも多かれ少かれ自分が理想とする女性を書いている」（「男はどんな女性に魅力を感ずるか?」）として、自分の女性に対する美的評価の基準に、独特の感受性を持っている、自分の考えをある程度心の内側にしまっておく余裕を持っている、物に素直に感動できる……などを挙げる。すべて内面的な要素である。

さらに人物描写については、たいして重要なことではない、として、「顔形というものはあまり書いておりません。顔の色が白いとか、目がパッチリしているとか、そういうことはほとんど書かない」と語る。服装についても、「せいぜい書きまして、赤っぽい着物に青っぽい帯をしめているか、その反対ぐらいのことで二種類ぐらいにかたづけております。……その方が何かその人物の持っている、作者が書きたいと思うものをむしろ純粋に守っていけるのではないか、そんな考えから出ております」（「講演　小説について」）と述べる。作者の意図を働かせる余地を大きく残しておくためということのようである。例外として、『猟銃』の女主人公に「薊をぱっと大きく織り出した納戸の結城の羽織」と書いたのは、物語の中でその模様に役割があったからだと。

厳密にそうとは言えぬまでも、たとえば『敦煌』では、主人公の趙行徳や上官の朱王礼もが心を奪われるウイグルの王女ツルピアを、以下のように描写している。

「細面の顔の中で鼻は高く、怯えている黒眼は深く彫られてあった。……袖の狭い衣裳を着て、襟は開き、裳は袴となっている。一見して上流階級の女であることは明らかであった」

これだけでは美しいのかどうか判別が難しい。行徳が初めて簡単な言葉を交わしたとき、「女の顔へ長く眼を当てていることはできなかった。気品というのか、威厳というのか判らなかったが、女の彫りの深い細面の顔にも、見るからに弱々しい繊弱な姿態にも、行徳の心を射すくめるようなものがあった」。出会ってからはいかなる特殊な気持ちも持っていなかった、とあるから、見た目の美しさに惹かれたのではない。女のたたずまいや言葉や行為に接するなかで、運命的なものを感じ、惹かれていったのである。女は言う。夫となるべき若者が合戦で討死し、その若者の霊が自分の代わりにお前をわたしのところへ差し向けたのだと。行徳はそれを運命と肯い、「そうでなくては、自分は宋の都から、はるばるこんなところへやって来ることはなかっただろう」と感じる。「必ず戻って来る」と約束して女を待たせ、それが叶わぬうちにツルピアは城壁から身を投げて自ら命を絶った。女と死に別れてなお、行徳は二人の出会いを「因縁」と感じている。人間的な感情を濾過した、純粋で完全なものへの讃歌であった。美の次元にとどまらない井上の〝永遠〟への志向が感じとれる。

ツルピアは創作の女性だが、歴史上「美女」とされる人物を主人公とした作品ではどうか。『楊貴妃伝』では、その外貌についての記述はほとんどなく、玄宗皇帝の気に入られるための宮廷での化粧や髪形のつくりなど、必要な描写を必要なだけ描いた印象である。

『額田女王』となると、大海人皇子が「宮廷第一の美女は誰か……額田という女官が美貌の噂高いと聞いているが」と尋ねたさい、「あれは新羅風の美女でございます。が、遺憾なことに巫女で

井上靖『額田女王』（新潮文庫）
装画・上村松篁

ございます……」と巨勢大臣に答えさせているが、その容姿の描写はない。一方、額田の姉、鏡女王については、中大兄皇子の愛を享(う)けることによって見違えるほど誇り高く美しくなったと書く。ひとり皇子への思慕の中に生き、皇子の真実の愛は自分ひとりに注がれていると信じきれたから――。井上の考える女性美の源泉は、どのみち内面にあるのである。「どんな美人でもそれぞれそれなりの内面的なものの裏付けがない限り、私には美しくは見えない」と「女のひとの美しさ」で述べたことと合致する。

『淀どの日記』の「淀どの」、幼名茶々は信長の妹お市の方を母にもつ三人姉妹の長女で、母や妹のおはつとともに美貌が伝わる。豊臣秀吉の側室となる茶々は、幼い頃から「美貌な姫」「美しい容姿に生れ付いていた」とさらりと書き、細々と描写することはない。「笑い声が明るく賑やかだった。小さい声を立てて笑っても、何か華やかなものが辺りに飛び散る感じ」など、振る舞いや心の動きが詳細に綴られ、読みすすむうちに性格も容姿も生きてくる。

井上が小説に描く女性は、外貌にこだわらず読み手のなかで人品が形をなしてゆき、場面ごとの行為や内面を想像させられるうちにイメージが膨らんでゆく。新潮文庫『額田女王』の表紙は松園の血を引く松篁の画である。松篁は小説が「サンデー毎日」に連載されたときも挿画を担当して計百二十四枚を描いたが、当初は飛鳥朝の人物をほとんど描いたことがなく、不安とともに引き受けたという。しかし「はじめは中々むずかしかったが、その半面ではたいそう面白くて、物語の回が進むにつれて、追々興が乗ってきた」（上村松篁『画集　額田女王』）。毎週、速達で小説原稿が届くと即座に封を切って毎日繰り返して読み、どの部分を絵にしようか考え続け、締切り日の前夜と翌日一日がかりで描いた、そんなふうに創作の喜びと考証の苦心を回想している。文庫の表紙でたたずむ額田の清楚で愛らしい姿は、彩色であればなおさらのこと、画家が想像を楽しませた賜物であろう。

司馬遼太郎の女性描写の変遷

司馬遼太郎の書く女性は、ときにロマンチックな描写がなされる。

『項羽と劉邦』で項羽に寵愛される虞姫は、瞳の描写が特徴的である。上中下巻に及ぶ長篇で、虞姫の登場は終盤のわずかな部分ではあるが、戦いが多くの場面を占めるなかで唯一といっていいほど花の香りのように和らぐ空気が忘れがたい。最初に項羽が見初めた少女の虞は、「ふたつの大きな瞳（ひとみ）が空の色のように青かった」。数日後に見た同じ少女は「瞳が黒く、瞼（まぶた）のふちが萱（かや）で切りさいたようにあざやか」であった。伏せた顔が、項羽の声に反応して白いひたいを上げると、「瞼があがり、みるみる目が大きくなって、瞳に暗い青さが宿った」。そのようすに項羽は心を和らげてゆく。「虞姫は首筋がほそくしなやかで、青く血すじが透（す）けてみえるほどに皮膚が薄かった」「胸が少年のように薄く、さらにはいのちを湛（たた）えたようなその腰も意外に小さかった」。項羽が抱きあげて別の臥床にうつしてやると、おどろいて声も出ない様子で見つめ、その目は「柳の葉のように細くなっている。白眼のほうがまつ毛の翳を黒く帯びて光り、そのあまりの妖しさ」……そして「陛下にきらわれたくはありませぬ」というと、一気に衾をかぶり、はげしく歔きはじめた。「虞姫は素肌を見せたとき、すでに殻が割れて果汁があふれ出るように別の人格がうまれてしまった。項羽への愛が出発したともいえるし、わが身を頼らせる人は天涯にこの人しかいないという、せきあげるような感情が、血のにおいとともにうまれたといえる」。外貌とともにしぐさや内面の描写で少女の得も言われぬ魅力を伝える。

女性を主人公にした小説は多くないが、まだ文化部に勤務していた三十二歳の頃、「司馬遼太郎」の名で初めて書いたデビュー作「ペルシャの幻術師」は、十三世紀のペルシャでモンゴル軍の武将を虜にする女ナンが主人公ともいえる。その妖しげな魅力は以下のように描かれる。

「女は、皓い羅を右肩から懸け流し、烈しい太陽の下で、あえかな隈を作って立っていた」「まるで、弦月の輝きを、そのまま人型にとったような女」「ふかぶかとした碧い瞳と、透きとおるような大理石いろの皮膚……あごが幼くくびれて、齢のころ、まだはたちには一、二年の間はあろうかと思われる」

初期の司馬作品には装飾的な表現が珍しくない。後年にはみられないエンターテインメント性といったらいいのか、こじつけていえば、松園の生みだした美との距離は遠い。

『戦国の女たち』にまとめられた短篇は、秀吉の妻である北政所など、歴史上の女性たちを主役に据えている。そのうち昭和四十三年「小説新潮」に発表された「胡桃に酒」は、細川忠興に嫁いだ美人の誉れ高い細川ガラシャの物語である。嫁入りを控えた幼名たまを、作家のキャリアを積みつつあった四十代半ばの司馬は次のように描く。

「えりくびがきわだって細く、むなもとの皮膚が透け、血の色がにおいたっている。顔はやや薄手で、両眼がくろぐろと張り、唇に小さな緊張が溜(た)まっている。おどけているのか、それとも桃の枝をさしのばそうとして力んでいるのかもしれない」

初期のきらびやかさは影をひそめ、内面的な表現に移行しつつあるかにもみえる。つぶさで月並みでないのはさすがである。ただ彼女を観察している少斎については、「これほどの美貌というものがこの世の人間のなかで存在しているということが、目の前にそれを見つめながら容易に信じられず、そのうちに気が昏(くら)み、ついには顔をあげつづけていることができない」と、なんともストレートな表現も跡をとどめている。

美の向こうがわ

松園の画布のなかの女性を見ていると、なまじ容姿がすぐれすぎて中身を侮られがちな人が思い浮かぶ。本人の言葉やふるまい、行ないの選択や苦悩に接しないうちは、その真の姿を知ることはむずかしい。まして一瞬をとらえる絵にどれほどのものを籠(こ)められるかは、画家の器量がそのまま問われる。
比較的よく知られた作品――都へ行って帰らない夫を想い砧(きぬた)を打とうとする妻を描いた《砧》、仕舞のはじめを気高く舞う女性を描いた《序の舞》、光源氏の正妻葵上に嫉妬する六条御息所を描いた《焔》、また愛する人を失って狂い舞う女性を岩倉精神病院に一度ならず見学に行くなどして描いた《花がたみ》など、歴史や謡に取材した作品は背景がある程度のことを語ってくれるが、たとえば浴衣姿で蚊帳を吊る娘を描いた《蛍》など、ふとした日常の一場面を切り取って描いた名もない女性像は、ときに大作以上に、言葉に尽くせない色香や艶、また親しみを感じさせる。鏑木清方の描くすらりとした美人、浮世絵の肉筆美人などとも異なって、見る者の共感をひきだすことにおいて松園の絵は群を抜いているように思われる。松園には、自身が見聞して失われてゆく明治の風俗を描き残したいという信念に近い義務感があった。その心根と情熱に受け手が呼応し、絵の内側にまで入りこんでしまうゆえかもしれない。

　松園は「死を決した」「自殺するほか途はない」といった言葉を少なからず吐かずにいられない画家であったが、たとえばムンクの《叫び》のような異様な心理表現、鴨居玲のような人間の闇を思わせる画風とは対極の世界を築いた。その美しい世界は、穢れを突き抜けた、底知れぬ美の闇を想像させもする。あるいは狂気と紙一重とさえいえる美を。

　いかなる苦悩をも描くことで乗り越えた松園だからこそ、ただ美しいだけではない境地を踏むことができた。それは井上に感銘を与えた彼女自身のたたずまい、人生すべてへの一途さにつながる。その結晶である絵が、司馬を突きとばすほどの力をもったのである。

　そもそも「美」とは何か。「うつくしいこと、よいこと、りっぱなこと」にくわえ、「知覚・感覚・情感を刺激して内的快感をひきおこすもの。「快」が生理的・個人的・偶然的・主観的であるのに対して、「美」は個人的利害関心から一応解放され、より普遍的・必然的・客観的・社会的である」と広辞苑にあるが、おそらくそんな言葉を並べても松園の「美」は説明しつくせないかもしれない。非の打ちどころがない美は、いい意味でもそうでない意味でも、先に踏み込ませない性質をかかえてしまう。いわば突っ込むための「ひっかかり」がない。

井上は絵の美しさに魅せられながらも、美術記者として松園その人に会えたことが転換点となった。作品の母体に接して別のステージに進んだ井上には、松園自身が松園の最高傑作となった。司馬は宮仕えの煩悶の日々を経て、「裸眼」を獲得したことで松園を見る眼に変化が生じた。裸眼は、徹底した人間追究と愛情が描かせた松園の真骨頂に気づかせた。

二人はそれぞれの紆余曲折を経て、危うく見逃されたかもしれない松園の本質にたどりついた。美の関門（ハードル）を超えたのである。こうした理解者たちを得て、彼女の芸術は後世に残りつづけるのだと思う。ふと美の向こうのはるかな風景を見た気がした。

二　生命の発光——三岸節子

二人が記者時代に出会った女性画家で、洋画においてめざましい仕事をしたのが三岸節子である。彼女も上村松園と同じく命がけで絵に打ち込み、生涯、内なる炎を燃やし続けた。

司馬遼太郎の『微光のなかの宇宙』の表紙は、彼女の描く水の都《ヴェネチア》の風景である。

石の建物をつなぐ橋の下を流れる水の乾いた青が鮮やかだ。他にもさまざまに考えられる候補のうち、なぜ節子のこの絵が選ばれたのであろう。

「戦後、いくつかの三岸節子の作品を見たときの感動は、わすれられない」

美術記者時代の節子の絵との出会いを、司馬はそう述懐している（「三岸節子展目録」）。

三岸節子（一九〇五―九九）は、現在の愛知県一宮市出身で、生まれたときから先天性股関節脱臼をわずらっていた。足の不自由が絵の道を選ばせたともいわれる。図画の成績はよかったが、身を立てる手立てとして稽古に通わされた裁縫には興味を示さなかった。女学校を出るころ実家の織物工場が破産し、自ら油彩で名誉回復を、と心に決めたという。親の反対を押し切って油絵を学ぶため上京、岡田三郎助に師事し、女子美術学校（のち大学）に編入学する。首席で卒業後、二歳上で新進気鋭の洋画家・三岸好太郎と結婚した。二女と、のちに画家となる長男・黄太郎をもうけたが、ほどなく好太郎が三十一歳で急逝する。その後も節子は筆をとり、女流画家協会を設立するなど活発な動きもみせる。生活苦のなか、おもに静物画や花を描いてだんだん絵が売れるようになり、五十歳を前に初めてヨ

三岸節子《ヴェネチア》
1973年　堀美術館蔵
司馬遼太郎『微光のなかの宇宙』（中公文庫）より

ーロッパ行きが叶った。翌年に帰国するが、六十を過ぎてふたたび渡欧、カーニュやブルゴーニュの村に住み、八十四歳で帰国するまでヨーロッパ各地の風景を描いた。

日本油彩画の未踏の境地

「そのころ私は、主題性が脾弱で処理技術がうまいだけの絵を無数に見ていただけに、日本にも、天性、油彩世界に適った才質がうまれ得るのだということを三岸節子の作品において思った」

戦後、福田記者は、日本人らしからぬ節子の作品を見て「油彩との相性の良さ」を直観した。彼にとって違和感を全く感じさせない日本人の油絵は珍しかった。色彩が見事に乾いて発色し、靄に遮られない。形象が湿度でごまかされない情感と論理を好む画風、輪郭があいまいな朦朧とも、しっとりじめついた水気とも無縁な独自の世界に惹かれた。

節子が初めて渡仏したのは昭和二十九年春、四十九歳のときである。イタリアなどを回って翌年夏に帰国したとき、福田記者は知人を介して、大阪桜橋近くの高級一膳めしやの二階座敷で「謦咳に接することができた」。話題は尽きなかったであろう。節子の「いのちが戦慄しているような」話し方がひどく印象にのこったという。

「血を流してヨーロッパを歩きつづけた」と彼女は言い、こうも語った。

「帰りの船がだんだん日本に近づいて、やがて沖縄の島々が見えましたとき、空が白っぽくなり、ガスが一面にたれこめて、ああ水蒸気の風土に帰ってきたのだ、としみじみ思いました」

これを司馬は「彼女にとって、絶望にちかい悲しみをこめたことば」であったと断言する。

「オランダへゆくと、ゴッホと同じ景色がありました。ゴッホがデフォルメしたのではなく、ごく平凡に実在していたのです」

彼女がこう言いきったとき、自身を縛っていた三十余年の呪縛が激しく解けて、いままで謎にみちていた油彩世界に、素足で踏み入ることができた——と。

会えたのはそれが最初で最後であった。

節子の絵を考えるとき、司馬が着目したのは風土と画風の関係、そして夫好太郎の影響であった。「芸術は風土から離れて成立するものではない」「風土を見つめぬいたあげく泥を払って突き抜けてくる精神だけが普遍性を持ちうる」（「微光のなかの宇宙」）と、司馬は芸術において「風土」という要素を重視する。節子については、まず尾西市（現・一宮市）という「ゆたかな工芸的風土」で生まれ育ったことに驚きを感じている（「三岸節子の芸術」）。木曽川が運ぶ土砂が堆積してできたこの辺りの野には、奈良時代から美田が広がっていたという。戦国期には機織りが発達して八丈絹を生産するようになる。近代となり西洋織物が入ってくると、細い木綿糸で絹のような感触をだした。そういう風土からは、水蒸気がつくりあげる自然を描くことにすぐれた日本画家・川合玉堂が生まれている。しかし、ほとんど同郷でありながら節子においては色彩が靄に遮られず、形象が湿度でごまかされず、それらは情感と論理の方向へと進んだ——これが司馬にとっては重要な節子の独自性である。「彼女の内臓をむき出すにはこの（日本の）風土は適しなかった」。

『微光のなかの宇宙』の表紙となったヴェネツィアの一角も、日本にはない空気と出会うことによって節子が獲得した、そして彼女の積み重ねてきた精神だけが描きえた風景にほかならない。その悦びをとどめた絵が、司馬の美術観を束ねた書物の顔となったのである。

好太郎がいなければ

画業の初期、日常そのものまでが「詩人」であり、天才肌だった好太郎との対応に疲れながらも、二人の出会いの大きさは計り知れないと司馬は考える。

「……わたくしは骨身をけずるほど刻苦精進して絵を描いているが、彼は茶漬けのようにさらさらと足で絵を描いたようなものだから。天才と凡才の違いというものであろう。

彼は生まれながらの画家であったのである。蚕が糸をはくように自然に絵が生れた」(「愛惜」『花より花らしく』)。

そんなふうに節子自身は苦悩を語っているけれど、「強力な靭性にめぐまれた彼女の精神はむしろそのことによって勢いづき、成長した」「好太郎の精神と内臓の奥まで入りこんで、血や粘液にまみれたさまざまのものをつかみ出しては、昇華させ、表現した」と司馬はいう。しかし、「好太郎のように虚空に閃いてひらく華のようではなく、石の多い坂道を登る大型のいきもののように、足どりは着実でゆるやかであった。しかし夭折した天才が時間切れのために伸ばし得なかったもっとも重要な部分を、彼女の一部として継承した」。二人の関係性が創造的に作用することへの着目は、人が人に及ぼしうるはたらきへの驚嘆でもあった。

好太郎が三十一歳で急逝したとき節子は、

「ああ、これで自分も絵が描ける」

と真っ先に思ったという（三岸黄太郎「母、三岸節子の一生」）。夫の死の悲しみよりも何よりも、それが実感だったのだろう、と息子の黄太郎氏は述べている。さらさらと描いてしまう天才の夫と、刻苦精進するしかない凡才の自分――その呪縛から逃れて節子は本格的に我が道を歩きはじめた。楽な道ではない。しかし凡才を自称する節子は、人にない並々ならぬものをもっていた。

司馬の表現でいえば「多量すぎる生命の炎」である。

それをもつ人は通常の生活は難しいことが多く、芸術家でよかった、ということもできそうだ。やがて節子は六十代の南仏移住で転機を迎える。「この地の乾いた空気と、色彩のあざやかさは、彼女の中にあふれてしばしば出所（でどころ）をうしなっていた造形に自由をあたえた」。

晩年になるにつれて、生命の炎を造形が限なく包みあげ、かつ彼女に内蔵された炎が「いちいち何かに驚きつつ発光するようになった」。そうして、

「彼女は油彩の正攻法をもって、平押（ひらお）しにその抑えがたい主題を包みつづけ、ついに明治後の日本の油彩の未踏の境地にひとり踏み入った」

司馬が刮目（かつもく）せざるを得ないのは、節子という人間の精神の自由、様式や流行に束縛されずに放たれた、誰にも似ない独自性であった。

半世紀後の再会

井上靖は美術記者時代、三岸節子の仕事を目にしていた。ただ、たとえば昭和十八年十月の「新

制作派展評」においては、若い団体の意欲と技術に期待をこめて荻須高徳や内田巌などの作品に注目したあと、「その他」として「三岸節子氏の「静物」の一、二を面白く観る」と脇田和らとともに一応おさえる程度であった。

運命を感じる出会いではなかったのであろう。むしろ、歳月を経て再会するための布石であったかもしれない。

平成元年、翌二年と続けて、井上は節子の作品展に短文を寄せている。最初の寄稿「三岸節子展によせて」は、三年前に食道がんで手術をうけ、最後の長篇となる『孔子』に取り組んでいるときであった。古代の聖人を相手に、大病を経た己の来し方行く末を重ね合わせながらの執筆であったと思われる。節子のとりわけアンダルシアを描いた力強い〝赤〟に魅せられた。

「どの一作をとっても、アンダルシアの明るい光線の中に、朱い屋根と白壁の集落の一画が、それぞれ異ったたたずまいで捉えられてあった。三岸さん独自の朱に近い〝赤〟は力強く、明るく、美しい」

また次のような表現は、井上らしい想像と詩心の発散だ。

「赤い屋根、白い壁、そうした中に点々と配されている暗い窓。その窓からだけ、人生が覗いている！　ふと、そのような思いに打たれる」

この独特の〝赤〟に心惹かれると、「三岸さんの仕事から離れられなくなる」。

そうこうするうち、かつて自身が旅したアンダルシアを思い出し、「もう一度、そこを訪ねてみたい思い、切なるものがある」と書く。残された時間が長くないことを自覚しているととれなくもない。

二回めの寄稿「三岸さんの独自なところ」は、「半病人状態」で画集二冊を見続けながら書かれた。節子自身が書いた解説をひもとき、さらに自身を語った随筆集三冊とじっくりむきあう、そんな機会を、「私にとっては大きな出来事であり、天命とも言える回り合いでもあった」とのべる。おそらくここで、井上は節子との運命的な邂逅を果たしたのである。静物であれ、風景であれ、何であれ、「強く生きて、呼吸している」絵への感銘はこのうえない。対象は節子に描かれることによって、新たないのちを持ってしまう。バラならバラの生命、風景なら風景の生命、天空なら天空の生命……すべて節子の生み出した生命が伝わってくる、それを井上は今こそ正しく受けとめたのだ。

病後の自分の生命に無関心でいられない状態がもたらす感慨。「三岸さんの作品を鑑賞させて頂く場合でも、どうも、その作品の持っている〝生命〟が、大きく問題になってくる」のは自然なことであろう。しかし、こうした対し方は誰の作品でもできるわけではない、ともいう。なぜなら節子は「採り上げた対象の生命を描く画家であるから」で、今の自分はそれに否応なしに惹かれてしまう、と正直だ。そして「私流の見方」と断って次のように書く。

「三岸さんが対象から抽き出す生命は、三岸さんにして、初めて発見できる対象の持つ生命であって、三岸さんにしか見えない、三岸さんしか触れ得ないものであろう」

記者時代の「三岸節子氏を面白く観る」という調子から、半世紀近くたち、敬意をふくんだ「三岸さん」というやわらかな響き。二歳上の女性の画業への礼賛と感謝は、病の全身からにじみだすようだ。歳月の蓄積。しみじみと胸に迫るものがある。

画家の業と燃え尽きた生命の炎

その半世紀のあいだ、節子は絵に苦しみ、苦を乗り越えることで、喜びも得ていた。後半生の日記には、内面の呻(うめ)き、女の苦しみ、激情、孤独……烈しい言葉が繰り出される。

「絵を描く。絶望的である。今ほど自身がみじめであることはない。何のために絵を描くのか。……生きるために。命のために。……自己の才能の限界まで疑ってなお生きている。描いている。……残酷なまでに孤独である。人々の間に充たされるものを求めて得られず、もっとも純粋な到達点が孤独の中にあると信じた。実行した。骨を嚙む悔恨と孤独。ギリギリの地点まで自己を突っ放して安心立命したいと希う。それをしなければ私は救われないのである」(一九六二年七月九日　五十七歳)

「絵を描くことは長く遠くはてしない孤独との闘いである。あるときはよしとし、あるときは絶望に陥る。一喜一憂。どうも私の絵というのは情緒でとらえることは易いが、形の面白さ、つまり私の形というものを創り出すことが苦手である。女の特性を多分に持った欠陥である」(一九六九年三月十二日　六十四歳)

「何故絵を描くか。生活のナリワイなれば。何故絵を描くか。ただナリワイなれば野菜を売ってもよし。小間物屋、菓子屋にてもよし。ただ、ひたすらに絵を描くは、しびれるような満足をえたいがためである。いっときの充実をうるために刻苦、ひたすら絵画に執着する。自ら到達出来えた

境地の満足。充足。よろこび。美の陶酔。一瞬の過ぎゆくもの」（一九七二年十月十九日　六十七歳）

「猛然と赤い絵に取り掛かる。……いつもこの面倒な赤はよけて、花や他の容易な作品に集中していたのである。ただし、もう何が何でも、ここ当分、赤のヴェネチアにかかりきる。この5枚が出来なければ展覧会の意味が失われる程に力をこめて、明日から描く」（一九七三年七月十二日　六十八歳）

描くことを天命と自覚したとりわけ女性の業はいずれもそうなのかと思えるほど、松園と共通した心情が読みとれる。ただ決定的に異なるのは、節子は決して「死ぬ」ことを望んだり、考えたりしなかったことではないか。彼女の生命の炎は、自らを消そうとはつゆほどもしなかった。むしろ寿命がきても、もっと燃え盛ろうとさえしている。

「人生は生きなければならぬ」「成熟してこそ描ける絵がある」と、自身に言い聞かせるかのごとくつづった節子。永遠につづく道を歩んでいたかのようである。

二度めの寄稿をした翌年一月に井上はこの世を去ったが、その後八年、九十四歳までながらえた節子は、死の直前まで描いた。黄太郎氏によると「納棺の時、まだ手の指に絵具がついていた」という。司馬と井上が彼女を語るとき、ともに用いた言葉は「生命」であった。二人が驚きとともに見つめた節子の生命の炎はとぎれず、最後まで赤々と発光しつづけたのである。

三　陶とはなにか――井上靖と河井寛次郎、司馬遼太郎と八木一夫

小パンダの壺

ぷっくりと丸みをおびた白い肌。そこだけぐるりと褐色のおちょぼ口を、ひかえめに天に向けている。目の前にあるのは、丹波で焼かれた小ぶりの壺である。

高さ十五センチ、横幅十一センチほど。なでるように両手のひらに包んで掲げると白壁の肌はすべすべと心地よく、ちょうどいい持ち重りがする。もっぱら飾ってたまに眺めるぐらいである。やきものを見て「ほしい」と強く思った経験はなく、もっているのは頂いたものに限られる。これは亡き恩人から贈られた。価値はわからない。並べて売られていた同形のずっと大きな壺を、かつて「パンダみたい」と買い求めた人がいた。乳白色でずんぐり丸く、口のあたりのみほどこされた黒釉からの連想であろうか。それにちなんで自分のものを「小パンダの壺」と呼ぶ。じっさいは、顔でも描かなくてはパンダに見えないのだけれど。

陶芸とはなにか。芸術品か、実用品か。二人の記者にとってもその問いは少なからず意識されていたらしい。「民芸」という思想について、たびたび思いめぐらしているからである。

「民芸」は、土地の庶民生活に根づいた実用的な工芸品で、大正末に柳宗悦が「都会的な洗練さ

れた工芸」の対極にある概念として提唱し、広まった。実用性が重視されるため、「用の美」という言葉も生まれた。ことさら芸術的な表情をしていない、素朴さが「美」というのである。実用であり、美を兼ね備える。頭で考えていると、言葉だけが空回りしそうだ。

所有と愛着

井上のやきものとの接し方は、ずいぶん直情的だったようだ。魅かれた人がこしらえた、魅かれた作品をそばにおく。記者時代、人となりに心酔した河井寛次郎（一八九〇―一九六六）への傾倒が典型的である。ほかには富本憲吉、浜田庄司、近藤悠三の作品を所有し、それ以外の現代陶芸は持たなかった。四人の作品を好んだ理由は、「一時期民芸というものに関心を持ち、それから大切なものを自分の中に取入れ、やがてそこから出て、陶芸家としての自分を築き上げた」（「近藤悠三氏のこと」）から、と理屈は明快だ。

陶芸の魅力は絵や彫刻とは異なる、と井上はいう。のちに述べるように司馬も同じ意見だが、理由は違う。井上は、

「用と美を併せ持っている伝統工芸の最も大きい特色は、それを所有する人に愛着の思いを懐かせることである」

「所有している人は、その生命の擒（とりこ）となってしまう」（以上「日本の伝統工芸の美しさ」）

こうした物と人との取引きは、伝統工芸以外では成立しないという。鍵は「所有」である。

壺や茶碗を持つことは、井上にとって、飾られ、鑑賞する芸術品とは異なり、それらを生活の中

に取り入れて肉体の一部にしてしまうことであった。そこまで自分に入りこんでくるからには、生理的な魅かれ方をするものでなければ耐えられない。「いいとか悪いとか言うより、もっと直接的である。好きか嫌いか」。加えて、井上にとってはその作家を「尊敬できるか、できないか」が必須となる（「近藤悠三氏のこと」）。

ふと疑問がわく。作品それ自体に魅かれるのか、尊敬する人の作だから魅かれるのか。鶏が先か、卵が先か式の堂々巡りかと思いきや、井上の場合、それが瞬時に不可分になってしまう感があるのである。

ひとめぼれの意味

井上の大胆ぶりは、こんなふうである。昭和十一、二年ごろ、談話をとるため新米記者は京都五条の河井寛次郎宅を訪ねた。初めて会う四十代半ばの陶芸家に、たちまち魅了された。よほどの人間的オーラを発していたのか、このときの井上にのみ感受できたものか。「一人の若い新聞記者が、一人の高名な陶工に魂を売り渡してしま」った、ふらふらになるほどに。そして別の訪問のとき、工房で「たまたま眼についた半ば埃を被っていた壺が、その時特殊なものに感じられ」、即座に所望したというのである。それも白と黒の対になった壺二つを！　二つの壺は当然、自分のもとにくるべきである、そんな直観に従った印象である。

河井はいったん断った。しかし、次の瞬間から胸中にさまざまな思いがめぐったらしく、のぼりがまを回って再び工房に戻ると、壺にむかって「井上さんのところへゆくか」と語りかけ、車の座席に布でくるんだ包みを置いてくれた——。

最初に河井が断った理由について、井上は「不出来で気に入らない作だったからではないか」と考えた。愛着のある壺であれば、喜んで承諾したに違いない、というのである。この発想は興味深い。思い入れのある作品は作者にとって手元に置いておきたいものでなく、所望されれば喜んで進呈するものといいたげである。凡人の頭は逆を考えてしまっていた、書物のようにそっくり同じものが大量生産されるわけではないので。

二つの壺は、井上にとって生涯、書斎で心を落ち着けてくれる欠かせない存在となった。

河井寛次郎　壺　井上家蔵
井上靖『忘れ得ぬ芸術家たち』（新潮文庫）より

その後、近藤悠三を初めて訪ねた時、井上は似た行為をくり返している。部屋の一隅に置かれていた最新作らしい梅染付の大型金彩花瓶を、いきなり「頂戴できないか」と切り出したのである。いかにも不遠慮で不躾（ぶしつけ）ではないか。しかし当人には運命の出会いとしか思えなかったようだ。「こういう場合の魅かれ方というものは、冷静になって振り返ってみると、甚だ常軌を逸したものである」（「近藤悠三氏のこと」）。直観で激しい魅かれ方をして、さらに「所有」しないではいられない。その縁をまっとうし、一生慈しむのもまた、井上なのであった。

彼にとって陶器は、それ自体が芸術的価値を認められる名画や彫刻などとは別らしい。仏教で「三輪清浄」という言葉がある。布施の際、「施者」「受者」「施物」のそれぞれが清らかであることをいうが、井上とやきものにあてはめれば、「尊敬する陶工」「自分自身」「直観的に魅かれた作品」が、見返りや執着など私利私欲を超えたところで、各々の役割を精一杯まっとうすることであったのではないか。多数の人が鑑賞して愛でるものでなく、大切なのは所有者と作品との関係性であり、歳月が唯一の関係性を育む。それでこそかけがえのない価値をもつのである。

井上没後一年の催しで、一九七七年の中国旅行に同行した作曲家・團伊玖磨が語った逸話がある（前出・大塚清吾「風声」より）。團が北京の骨董屋街で見た古い急須に魅了され、高価な値段に持ち合わせもなく迷っていたところ、たまたま店に入ってきた井上が言下に「買いなさい」と言ったという。そして「あなたがあの急須をほしいと思うのは、急須のほうもあなたに買われたいと思っている」「急須から電波みたいな何か信号があなたに来ているんだよ。なぜそれがわかりませんか。そうじゃなければあなたはあれを買いたいと思うはずはない」と続けた。團は否応なしに、いったんホテルに帰って換金してまで翌日買うことになった。この命令的な「一期一会」の教えを、團はのちも大切にし、肝に銘じたという。

「あなたはこれを買わなければもう一生この急須はあなたの前から消えてしまいますよ。この急須にも長い長い歴史があったんだ。あなたにも歴史があるでしょう。それが今ここで交差しているんだ。だからその交差ということを大事にしなければいけない」

こんなふうに諭してくれるのは井上しかいない。その急須の価値は他の誰でもなく、團との出会いによって輝いたのである。

『敦煌』『氷壁』など硬質な小説を生み出すかたわら、井上はとくに流行作家といわれた初期、「中間小説」を量産していた。世間が楽しんで消費し、ともすると読み継がれないかもしれないものを。「用」の役割をじゅうぶん果たす作品と、後々まで残る品を、一人の小説家が生みつづける。いずれも軽んじられることなく、作者がそれぞれに揺るがぬ構えを貫くことで、併存しえた。仕事の「美」はあとから追いかけてくる――そのような姿勢を、井上は敬愛する陶工たちから学んでいたのではないか。執筆に臨むうえで常に思い出し、手本として体得するためにも、彼らの作品を手元に置いていたのかもしれない。

思想としてのやきもの

対照的に、とひとまず言っておくと、司馬遼太郎は美術品を「もつ」ことに自己嫌悪を感じる人であった。何か自分なりの理由がなければならぬ、単なる美術コレクターであることには耐えられなかった、という（「手に入れた洛中洛外屏風」）。

八木一夫が沈壽官の家にやってきて、「先祖みたいなもの、蹴（け）とばしてしまえ」という意味のことを言った――という逸話を、司馬はことさらおもしろく感じたとのべる（「多様な光体」）。薩摩焼十四代の沈壽官は、そう言われて憮然と沈黙していたらしい。八木は、同じく陶工であった父親を全否定しながら自身の陶芸を「用」から独立させた前衛芸術家である。二人をともに知る司馬にとって、この話は「陶芸というものの重要な課題をふくんで」いた。八木の言葉には陶芸についての彼の思考が集約されている。伝統と個、その精神性ということである。

「伝統工芸は、九割までが技術で、あと一割が魔性である」。その魔性がどう昇華するかで作品がきまってしまう、と司馬はいう。技術は機械的に普遍化しがたく、「家系」が重要となる。数百年の伝統を毛穴から吸いとりながらでしか、伝わってこないものがある。ただし、それを会得するには「ちまちました自我」の反発は邪魔となる。己をおさえ、伝統を身に着けたうえで「最後に、熔けた自我を再結晶させて宝石化する以外にない」。

伝統工芸において「その人でしかない」作品を生むには一匹狼以上の困難を伴う、そんなふうに言いたげである。作品が、長い歳月だけではない壮大な背景のあげくに光るまでの道のりは、なまなかではないのだ。伝統も、作者自身の結晶も持ち合わせた作品となってこそ、多様に輝く光体を感じられるようになる――伝統工芸が背負うものの大きさ、重さ。だからこそ、それを突き抜けた輝きがもたらす感動は忘れがたい。

また、火と土という自然によって成るやきものは窯の中の火のぐあいという「偶然」に左右されることもまれにある。それが「自分を超えたもの」を生み出す。一筋縄ではゆかないところに、やきものの妙がある。

若い頃、司馬は「民芸」の思想に傾倒していた。柳宗悦を読みすぎていた、という。

火と土がつくる陶芸は、「人間が参加しうるのはそれに形を与える程度のもので、できれば作陶に参加する人間も作意を捨てるほうがよく、……自然が生みあげたという作品のもつ無心の美しさこそ陶芸の美である」(『街道をゆく　丹波篠山街道』)というのが柳の考えであった。

福田記者は、疑いなく賛同していたと思う。が、やがて民芸調の作品がもてはやされるようになると、わざと無作意に見せる作品が量産されるようになった。「こういう型のものを作れば、世間の高級な鑑賞者からほめられる」という、司馬のいう「芸術的経略性」、つまり無心を逆手にとった意識や志向である。「民芸風でいいわね」という大むこうの評価得たさを、心地悪く感じるようになった。「大衆化して俗悪になった」とまで言い切っている(『古往今来』あとがき)。

陶芸は無知でいいのか? そうではなかろう。八木一夫(一九一八―七九)を知ることで、司馬はやきものの精神性に気づかされた。

「技術は主題の奴隷にすぎない」

昭和三十年頃、福田記者は八木一夫と出会った。柳宗悦に感化され、やきものにおける「用」のことばかり語る記者に「オーチの言わはること、おもろいな」と、八木は論駁も自身の主張も一切せず、遠回しに退屈だけを示した。借りものの思想を振り回した若い頃を、司馬は「死にたいほどはずかしい」と苦々しく思い返している(「八木一夫雑感」)。

記者として、やきものが何よりも荷厄介であった。自然を母体とするやきものには、油絵のような「なにごとかとの対決」がない。向き合うには、「好き」か「無関心」しかない。好きになるほどエネルギーを投入するには、まだ若かった自分が惜しまれて、用だけ足してくれればいいと思っていた。

しかし、「歴とした思想と感情をかたまりにして空間にぶらさげた」八木の作陶を前にして、図らずも無関心でいられなくなった。《ザムザ氏の散歩》に衝撃を受けるや、司馬は八木への関心を強めていった。《ザムザ氏の散歩》は、空気孔のような突出部をいくつもつけた奇妙な輪っかが、短い突出の延長のような三本の足でようやく立っている。上部にある出っ張りは、出来損ない（？）の角にさえ見える。とても実際の役には立ちそうにない、いわば「無用」のしろものである。同時に、「有用」のものにはない人をゆさぶる力をもつ。「用の美」「無名性」の対極にある作品世界の魅力に、司馬は理性では抗えなくなってゆく。

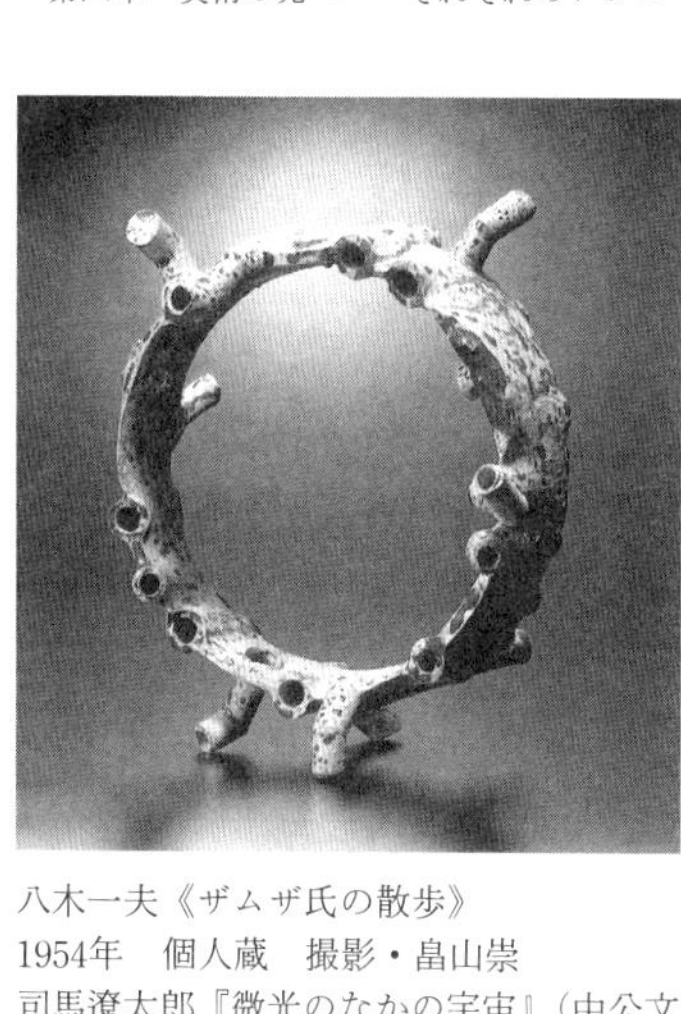

八木一夫《ザムザ氏の散歩》
1954年　個人蔵　撮影・畠山崇
司馬遼太郎『微光のなかの宇宙』（中公文庫）より

「沈黙の工芸」であるにもかかわらず、八木の陶芸は無気味に語りかけてきた。ピカソを最初に見たときと同質の衝撃をくらわす「根元的な悪意」を司馬は感じ取った。衝撃は胸のうちに成長してゆき、八木の仕事を見る目つきが変わっていくのを感じた。

八木の技術は卓越していた。だが、「自分の思想的な詩に造形性をあたえたい」という目的と論理がつねに明らかで、八木にとっては材料も技術も主題を輝かすための手段でしかなかった。自己に対する目は一貫して冷たく、「技術は単に自分の主題のための奴隷にすぎない」と痛烈なユーモアを含む態度をとり、凄みを帯びていた。

当然、食えない。不本意ながら大学で教えたが、父である八木一艸の陶芸観とも異なり、あるいは父を全否定したため、「食える」立場には生涯無縁であった。厳父は陶芸界で個人を確立するという新しい流れをつくった一方で、官展を重んじ在野をきらったという。

八木は昭和五十二年、肉厚でまるみを増した黒陶という表現材料を発見し、手作りでそれを完成させると、初期の悪意はなくなったかに見えた。ぎりぎりの自我の綱渡りを続けてきた歩みに、どこか自我をもとりまく摂理を感じたらしい。ただ、そこには「逆に人間の生の奢りを哄笑し」「死のおごりについても愛に満ちたからかいをつづけている八木の詩が」「ぬきさしならぬかたまりとして」感じられた。司馬は「八木がいるかぎりうかつに小説など書けないと思った」ほど、八木に〝文学〟を強く感じつづけた。

実際、八木はまれに詩を書いた。「かれの体のなかにあってついに技術化することのなかった詩と音楽が、かれの陶芸の技術にたえず汲みあげられていた」「詩と音楽というかれの伏流水を、技術というかれのツルベで汲みあげることのほか余念がな」かった。技術と精神の独特の絡み合いがそこに見てとれた。

八木は、電球一つで仕事をしていたという。昔の黄昏(たそがれ)どきの家の中の暗さのなかで「世の中の基準に毒されるな。常識の枠を外せ」と心を叫ばせながら。

司馬が八木をどう見ていたかをしのばせる話がある。禅僧ぎらい、を自称する司馬がある日、禅

の悟りに疑いを抱き、

「あれはひょっとするとイリュージョンかもしれんな」

といった。すると、八木は言下に言いきった。

「ちがう。あれはイリュージョンやない」

訝（いぶか）りつつも、司馬は珍しく「八木ほどの人間がああいうからには本当かも知れない」と思い直した。その課題は棚上げされたままになったけれども。

やがて、「有形、無形の古典のなかのもっとも良質なものを豊潤に吸いこんだまま」八木は逝った。

天才が死ぬという衝撃を真向からうけさせられた司馬は、「あとは、作品の中にだけ八木一夫がいると思って生きてゆくしか」なくなった。

朝鮮からきた陶工――『故郷忘じがたく候』

十六世紀末、豊臣秀吉が朝鮮への領土的野心により企てた文禄の役（一五九二〜九三年）のさい、島津義弘が朝鮮から数十人の陶工を連れ帰った。彼らがつくりはじめた陶磁器が、やがて「薩摩焼」として定着する。鉄釉をかけた黒物（くろもん）は日用雑器、白い粘土を用いた錦手（にしきで）などの白物（しろもん）は藩主などの御用品となった。その周辺を司馬が小説『故郷忘じがたく候』にしたのは、昭和四十三年である。

さかのぼって昭和二十三年ごろ、京都を拠点にしていた福田記者は、侘助（わびすけ）を愛でる茶に招かれた西陣の寺の庫裏（くり）で、薩摩焼らしい壺の破片に出会う。白い釉薬（うわぐすり）のうえに鉄砂でくるりと一重（ひとえ）の渦が施されている。「投げやりな絵」であった。同席の骨董商らしい初対面の相客が、おそらく薩摩焼のなかでも苗代川(なえしろがわ)の窯であろう、「苗代川の尊さは、あの村には古朝鮮人が徳川期にも生きていたし、いまなお生きている」と話した。雨の日のその記憶が、後のちまでかすかに残った。

それから二十年がたった春、鹿児島を訪れていて、帰阪する飛行機の出発まで四時間のゆとりがあった。地図をひろげて眺めるうちに、「苗代川」という地名の小さな文字を見つけ、驚いた。やきものの種類の名と思い込んでいたからである。聞けば今は美山(みやま)という村で、戸数七十軒ほどの部落だという。さっそく出かけ、武家門構えの一軒をくぐった。縁側で、男が大きな体をゆすって機嫌よく迎えてくれた。小説に書くこととなる十四代・沈壽官(一九二六—二〇一九)であった。作陶のこと、朝鮮語について、村の話などをするうちに時間は過ぎ、惜しみながら辞したが、その時空間は日ごとに司馬の脳裡でさまざまに広がってやまなかった。やまぬ思いを整理するため、小説に書くことにした、という。

文禄の役では、沈氏の先祖を含め男女約七十人が日本に連れてこられたが、司馬の推測では最初から陶工を捕獲する意図が島津にあった。当時、日本では貴族や武士や富商のあいだで茶道が流行り、渡来物の茶器はとりわけ重宝されていたからだ。

こんな話を司馬は紹介している。戦国時代に来日したイスパニア、ポルトガルの宣教師たちが、日本人が焼物を珍重しているのを見て不可解に思い、「日本には、宝石というものがない。となると、焼物は日本人にとって宝石のようなものであり、われわれのほうで宝石を愛するように、かれらは焼物を愛しているらしい」と記したという(「血はあらそえぬ陶器のはやり」)。中国では玉を愛する。玉も宝石もない日本に、室町期、中国や朝鮮の陶磁器が舶来された。日常雑器でも、高度な釉薬による玉や宝石のような膚質は日本で用を離れ、独立の美として印象された。日本人は陶磁器に惑溺した。

いったん折紙つきとなれば宝の山である。器の素材は土と火にすぎない。それを生む工人こそが「錬金術師」であった。

李朝陶磁の特色は白色であるが、同じ白でもこれほど複雑な表情があるのかと思わせるほどの膚質を朝鮮からきた陶工たちは生み出した。土が異なるため郷里の素朴な白磁とは異なる、高雅で気品にみちた白薩摩の誕生である。さらに技法は進化を続け、江戸期に入って狩野派の絵付けが加わると世界でも大いに重宝される銘品となり、薩摩藩の財政を大いに潤した。

小説は、陶器そのものや思想を扱う以上に、半島から拉致された陶工を糸口に朝鮮人と日本人の関係、そのかなしい歴史に比重がおかれている。陶器の質が上がれば役割も変化し、そうなると陶工の運命も変わってゆかざるをえない、その悲喜こもごもを俯瞰するところに作家の視点がある。

一方で、司馬としては、愛すべき沈壽官に象徴される陶工たちやその祖先をなんとかして自分なりに表現せずにはおれない。沈壽官が生む器と本人に惚れこみながら、小説には、八木一夫に対してなされたような個々の作品や思想についての描写や評論、思い入れの叙述はほとんど見られない。小説の比重は別のところにおかれた。

作中、やきものや陶工への著者ならではの感性があらわれた場面は印象深い。薩摩焼の歴史と継承の流れがひととおり描かれ、技術の伝承の難しさを浮き彫りにするくだり、「芸術家になりたい」

と展覧会を開くことへの世間的野心を示した十四代を、先代が戒める。父親の厳しい言葉をうけて、十四代が「自分は何のために生きているのか」と哀れさを訴えたが、父が放った一言はこうである。「息子を、ちゃわん屋にせえや」。わしの役目はそれだけしかなかったし、お前の役目もそれだけしかない、と。——八木一夫に「先祖みたいなもの、蹴とばしてしまえ」と言われて沈壽官が答えず憮然としていた逸話を彷彿とさせる。文章の行間からは父親の生涯の哀歓、いずれ自身も「先代」となり、その息子もまた同じ思いに悩むかもしれぬ未来……気の遠くなるような道のりの葛藤と、複雑なかなしみが伝わってくる。

芸術家と工人に、優劣はない。伝統工芸の重みは、個人単位だけでなく、至宝の技を確実に継いでゆく難しさと貴さへの目配りなしにはかることはできない。受け継いだ者が自ずと個性を加えながら、さらに次代へと伝えてゆく営み——比べようもない陶芸独自の世界が、あるべき人と出会うことによって、司馬のなかで結晶したのである。

陶とは、普遍の価値をもたないのかもしれない。人との出会いによって芽生え、その後の歳月が掛け合わされ、唯一の価値へと育ってゆく——二人のやきものとの関わりをながめるうち、そんなふうに感じられた。

冒頭の小壺のことである。あの親玉を「パンダみたい」と言ったのは、司馬遼太郎である。昭和四十七年、『街道をゆく』の丹波篠山への取材にひょんなことから同行するはめになった編集者の伊吹和子さんが、行きがかり上「パンダの大壺」を買うことになった司馬に、半ばそのかされるかたちで隣に並んでいた小さめのものを購ったのだ。今は亡き伊吹さんが長年そばにおいて慈しまれたあと、縁あって譲り受けた。用も足せず、美もわからず、しかし私にはかけがえのない唯一のやきものである。

第五章　二人の宗教記者

二人は美術記者であるとともに、宗教記者でもあった。そもそも美術は、宗教と切り離して考えることは難しい。聖書や信仰にまつわる物語の視覚化という役割が大きかった西洋美術の歩みをみるまでもなく、二人が足場とした仏教も同様である。ここでは美術との接点を念頭におきながら、二人の宗教記者としての足どりとその後を眺めてみたい。

一　宗教記者・井上靖

古都の仏教風景

井上靖の数多い小説のなかでも折あるごとに開いてきた『敦煌』や『天平の甍』を、あらためて仏教を意識して読みなおすと、気づくことが少なくないのに驚いた。まずなんと多くの経典が登場することか。『法華経』『大日経』など名前くらいは見知っているものだけでなく、『大衍暦経』『勝光天子香王菩薩呪一切荘厳経』『稱讃如来功徳神呪経』などなど、いかめしい字面が並んでいる。名称が羅列されているだけでは量的な威圧を感じかねないが、いずれの小説においても、経典の存在自体がたいへん重要な意味をもっていることに、今さらながら感じ入った。古筆や材質といった物質的な価値ではない。経典になどいささかの価値も感じない者たちが権力を争う乱世、一文字一文字を写しとっていく手仕事でしか内容を伝えるのが困難な時代において、書かれた教えを後世に伝え残そうと命をかけた人たちの姿、大海の荒波をくぐりぬけて無事に故国へ持ち帰れる保証もないなかで、報われないかもしれぬ行為に迷わず身を投じる人びとのありさまがたんたんとした筆致で描かれ、かえって胸に迫る。その営為は、教えに劣らず貴いのであった。

さかのぼって、新聞社を退社する昭和二十六年に書かれた短篇に「澄賢房覚書」がある。僧でありながら身持ちが悪く高野山を追放された澄賢は、真言宗の経典『理趣経』（真実の智慧の極致である理趣は、現実の愛欲や欲望を肯定する一切法自性清浄の立場をとり、この苦楽を超越した絶対境が悟りであると説く）の教えの一つ一つに自らつきつめた詳細な註を行間に施し、二十年をかけて完成させた『般若理趣経俗詮』を生きる支えとしつづけた。唯一、読んでほしかった、そして判ってほしかった今や高僧となった旧友には、再会にこぎつけたものの、どうしても渡すことができず、彼は孤独に死んでいく。この破戒僧の足跡を、古書店で偶然見つけた『般若理趣経俗詮』に心を奪われた「私」が追う話である。澄賢が経典と向き合った壮絶な営みは報われなくとも、教えを通して自らの生涯と感情を凝縮した類のない書は、後世に細い糸をつないだのだ。

経典というものについて、これほど考えを促す小説を私はまだ他に知らない。それはおいても、作者が仏典に造詣を深めていたことは疑えない。

おさらいをすると、井上は昭和十一年に大阪毎日新聞入社後、終戦間近まで学芸部記者として美術と宗教を受け持った。社内の競争から「おりた」立場で、政治・経済などを扱う花形記者を横目に、学芸部の仕事を自分なりに楽しんでいた。事件があればとんでいき手際よく報道する役目に向いているとは思えず、社会部異動の話も断ったという。

宗教になんの関心も知識も持っていなかった――。

井上は宗教記者になる以前の自身をそう回想するが、京都大学時代には仏像をみることを友人に教えた、とも述べている。美学美術史を専攻したことを思えば、多少とも美術的な興味から仏像鑑賞をしていたのであろう。そんな井上を仏教の世界へと押し出したのは、学芸部部長・井上吉次郎の一声であった。入社して一年ほどたった頃、彼は宗教欄を受け持つよう、さらに経典を解説する続きものを書くように命じた。井上は当時は恨めしく思ったが、のちに所属部長が多方面にわたる知識人であったことを、「大変好運であった」と振り返っている（「私の自己形成史」）。

否応なしに経典とのつきあいは始まり、若い記者は真面目にその仕事に打ち込んだ。般若心経、華厳経、浄土三部経、碧巌録（へきがんろく）、歎異抄（たんにしょう）……調査部の資料室で一週間に一つずつ、解説書と首っ引きで読んで原稿用紙を埋め、精魂をすり減らした。

「私は経典というものが、あるものは野外劇であり、あるものは古譚（こたん）であり、あるものは随筆で

あることをその時初めて知った」（同）

思いもよらず宗教関係の書物を繙く機会をもち、多彩な内容に眼を開かされたようだ。同時に「調べて書く」という、作家になって大いに恩恵を施す手法や習慣を、このとき身につけた。やはり宮仕えのなせるわざであった。

このころ、上司の井上吉次郎とともに井上が僧侶の試験を受けた話を、娘の黒田佳子さんはよく聞かされたという。「試験に受かったら、入るお寺が決まっていたのだよ。一軒も檀家のない山寺で、そこの住職になるはずだったんだ。それが、最後の試験のときに高熱が出て、試験を諦め、それきりになってしまった」（『父・井上靖の一期一会』）。惜しいことをした、といいながら、「本当に新聞社を辞めて、山の中の寺で暮らすのも悪くはないと思った」とも語ったらしい。どのような心境で言ったのであろう、冗談まじりだったのか……。世俗とのまじわりを断って出家する悲愴感を、当時の井上がもっていたとは考えにくい。黒田さんも「仏教に対する興味は、信仰からというより、美術、哲学、歴史という観点から、の接近だったようだ。日常生活から見ても、あまり信仰深いというタイプには見えなかった」としている。ただし心境は年齢とともに変わっていった。ヨーロッパへの旅でキリスト教信仰にまつわる風景を目にしてから、「世界中で宗教は確かに生きている」「人にはやはりなにか、宗教が必要」と口にするようになったという。それは井上が十一面観音に魅せられはじめた時期と重なってもいた。そして、「寺や仏像は本来、美術として作られているんじゃない」と黒田さんに説いたという。美の要素にたよらない仏教への関心の広がりと深まりの過程がうかがえる。この精神的な変遷の延長上に、最晩年の孔子への関心があるようにも思われる。

宗教記者になって一年ほどたったころ、ふたたび井上部長から、美術記者の仕事も任された。署名入りの美術批評を書くよう、またもや鶴の一声で命じたのである。こうして宗教や美術に関して得た多くの知識、取材の積み重ねは、のちに小説に生かされることとなる。「井上吉次郎氏が部長でなかったら、私は宗教についても美術についても、おそらくはいまもって全く無知であったにちがいない。音楽に親しむ機会がなかったために現在音楽についてはなにも語れないように、宗教についても美術についても何の知識もなく、その方面で小説の取材をすることもできなかったにちがいない」と、『天平の甍』に続いて『敦煌』を執筆した直後の昭和三十五年、「私の自己形成史」で振り返っている。まことに得難い出会いであった。そうはいっても、与えられた機会を受け入れ、一生をかけて存分に生かしてゆく能力と資質、努力の継続は、誰にも可能なわけではない。

当時、頻繁に訪ね、繰り返し記事にした法隆寺は、井上にとって美術と宗教の交差点であったともいえる。その歴史にふれ、現状を目の当たりに体験し、自ら綴ることにおいて、これほど充実した対象はなかったのではないか。そのことについては後述する。

また日曜紙面に続きもの「本山物語」を書いた。本山とは宗派の末寺を統括する寺院で京都や奈良には数多い。なかでも桜で知られる真言宗醍醐派の総本山醍醐寺に、井上はその取材以外でも何回も足を運んだという。小説家になってからは『淀どの日記』で、侍女に囲まれた幼い息子秀頼が自分の姿を見つけて駆け寄ってくる、幸せと不安のはざまで揺れる茶々の心を追う大切な場面として「醍醐の花見」を描いている。広大な境内に散在する堂や本殿、拝殿、塔を何度となく巡ってきたものの、建物自体が両界曼荼羅（まんだら）を象徴することを目的に建てられた寺の歴史、信仰や伝承について考えるには、すべて山道をゆうに一時間ほど登った醍醐寺発祥の地、「上醍醐」から出発せねばならない――そんな当然のことも「実際にその場所に立ってみないと判らない」と実感したのは、しかし晩年になって初めて上醍醐に上ったときであった（「塔・桜・山上の伽藍――醍醐寺」）。「自分の足で一堂から一堂へと、急坂を上ったり、下ったりして経廻ってみないと、大切なものを受け取ることは難しい」。非凡な想像力を作品に生かしつづけた井上は、同時に「自分の身を現地においてこそわかる」ことをたびたび強調し、西域の旅のように行動でそれを示している。想像と実体験の往還、その独特の組み合わせが井上の仕事をより豊かにしたと思われる。その力を発揮させるのは下地である。宗教記者としての日々は、西域に強く魅かれていた井上の細胞に、日本の古都の仏教風景をじわじわと染みわたらせていったのではないか。

もう一つ見逃せないのは、十一面観音像との出会いを昭和十五年暮れに果たしていることである。仕事を終えてたまたま訪ねた愛媛県櫛生（くしう）村の沖浦瑞龍寺で、本尊の国宝十一面観音菩薩立像を拝んだのが縁のはじまりであった。それは三十年以上を経て、琵琶湖畔に散在する十一面観音を巡る長篇『星と祭』という精華につながった。これについても後にふれたい。

終戦後、所属は学芸部に戻るが、四十歳を前に「新聞記者として大成する見込みはなかった」「かりに大成したとしても、それに満足するであろうとは思われない」と自身を冷静に見つめていた井上は、「自分を表現する以外、もうこの世に何も面白いことはない」と感じた。昭和二十一年に学芸部副部長となるが、「やるべきことだけをやって、余力は全部書く仕事の方に向けた」。二十三年春には出版局勤務となって単身上京し、二十五年「闘牛」で芥川賞を受賞、翌二十六年に退社して小説家の道を歩みはじめる。

形あるものは亡びる

「戦前となると、ちょっと見当がつかない」ほど、法隆寺に足を運んだという井上。いつしか〝法隆寺ファン〟となってゆく。

当初は「美術」記者として、また時期的に社会面にも記事を書くために訪問を強いられたかたちであった。「昭和の大修理」に着手した昭和九年以降の法隆寺は、金堂の壁画模写、五重塔の解体など、問題が山積している時期で、毎年のように社会面の大きなニュースになる話題があったという。「またそうした事件がなくても、法隆寺へ行けば何か記事を書くことができた。修理事務所を訪ねるか、寺務所へ顔を出せば、何しろ千何百年の古い寺のことなので、いわゆる「発見」は必ずいつでも一つや二つはあった。落書きが発見されたといっても、古い瓦が出て来たといっても、それはみなニュースになった」（「法隆寺のこと」以下同）。ただ後に振り返って、百済観音など美術ファンを今も惹きつける法隆寺の至宝には不思議に疎遠だったという。当時の各社の「法隆寺記者」と同様、修復にまつわる「事件」的な、社会面の記事になる話のほうに関心はもっぱら傾いていたゆえらしい。

そんななか、のちに大きな意味をもったのは、壁画模写にあたった荒井寛方（一八七八―一九四五）との出会いである。金堂の壁画が保存のため模写されることに決まり、昭和十四年春に担当する四人の画家を文部省が発表した。橋本明治、入江波光、中村岳陵、そして知名度ではやや劣る荒井であった。インドのアジャンター石窟壁画を模写した経験を見込まれたのかもしれない。十五年秋に作業がはじまり、毎日のように法隆寺はその話題で紙面を飾った。井上記者も進捗を取材するため、足繁く寺に通う。そこで親しくなったのが、口を閉ざして語らない他の画家とは異なり、ざっくばらんに話をしてくれる荒井であった。彼が宿舎としていた阿弥陀院の部屋を、何度も訪ねては話をきいた。平板な受け答えに終始するのでいささか物足りない気持ちを抱いていたある日、画家は、

「形あるものは亡びますよ」

と言った。井上は、ノートをとっていた鉛筆の手をとめた。どのような意図で口走ったのか、わからなかったのである。「諸行無常」という仏教の教えであろうか。そのような普遍的な意味とは異なる、荒井なりの思いが含まれていたのか。「何か訊ねては悪いような気持になって、私は重ねて質問することを控えた」。

意図がわからないままそれは活字となり、井上は幾度も自問自答を繰り返した。作家となってからも、この逸話は少しずつニュアンスを変えながら何度も書いている。記憶から離れ難い経験となったからにちがいない。

井上は、あるいはこのときから「亡びないもの」への希求をはじめたのかもしれない。亡びないものとは？　書かれた経典は朽ちても、形のない中身は伝えられることで残る。形のないものこそ

が永遠性をもつものではないか――報われるとも限らない努力を、信念によって続ける営みを描いた『敦煌』や『天平の甍』のモチーフに、それは確かにつながっているであろう。

毎年春と秋に行なわれていた壁画の模写は遅々としていたが、荒井は昭和二十年春、栃木県の自邸から法隆寺へと向かう車中で脳溢血をおこし、急逝する。ひどくなった爆撃をさけていつもと逆の信越線廻りで京都へ出ようと、郡山で乗り換えて間もなくのことであったという。

それから四年。昭和二十四年一月二十六日、法隆寺金堂は火災で焼失した。荒井自身の肉体もついえ、彼が語ったように形あるものは亡びたのである。堂内にあった模写も多くが焼けたが、荒井が九割がた完成させていた模写は別の場所に置かれていて焼失を免れたという。しかし、形あるものであるからには、残った模写もいつか亡びることを免れない。火災の原因には、模写に携わる作業員が電気座布団のスイッチを切り忘れたことが疑われた。壁画の保存修復への営為が途上の亡びを招いたのだとしたら、人はいったい何を残し、何をなすべきなのであろう。一連の出来事から井上はなおのこと「永遠」について、生涯をかけて考えるに至った――私にはそんなふうに思えてならない。

一個人にとって報われない行為が、時空を経てかけがえのない宝となりうるか。それは誰にもわからない。しかし人に見られないところで咲き、枯れていった花の美しさは無意味であろうか。そのような「徒労」をめぐる観点は、井上靖を考えるうえで一つの鍵であると思われる。報われない努力をし続けることそのものに宝珠があり、光がある。それは小説や詩に残してこそ永遠性を獲得しうるのではないか。

幸か不幸か考える能力をもつ、いや考えずにおられない人間にとっての才能とは、なにかを信じて続けられるか、かもしれない。

＊

井上が「澄賢房覚書」や「玉碗記」と同じ、新聞社を退社した昭和二十六年に書いた短篇「ある偽作家の生涯」について、少しふれておきたい。日本画の巨匠の偽作を描きつづけた男の足跡を追う話である。美術記者時代に懇意にしていた画家、橋本関雪に偽作者がいたという実話から題材をとったものだが、ある意味で「徒労」を別の角度から考えさせる作品でもある。

画家の原芳泉は、天才と謳われる日本画家・大貫桂岳と知り合い、自身の才能に打ちひしがれて、いつしかその偽作に手を染めるようになった。作品はそこそこ売れたが、やがて郷里の山村で花火師となって生涯を終える。桂岳の没後、伝記を依頼された「私」（井上を投影しているらしい）は、調査段階で芳泉の存在を発見する。数々の偽作や本人作と思われる絵を目にし、その足跡を知るうちに、彼の心情へと関心は寄せられてゆく――。

「そもそも私に桂岳の伝記編纂の厄介な仕事の白羽の矢が立ったということは、当時私が大阪の某新聞社の美術記者をしており、仕事の上で故人とも何回か面識があり、故人も他社の記者よりも私に好感を持っていたようで、そんな事情もあって、資料の蒐集にも比較的便利であり、画壇の知識も多少持ち合せている美術記者としての私の立場が買われたらしく、大貫家の遺族や門下生の間で、最適任者として私が伝記編纂の担任者として選ばれたようであった。

この話を受けた時、私が二つ返事でこの厄介な仕事を引き受けたのは、大貫桂岳の人柄も作品も好きであったし、それに何より桂岳の伝記を編纂するということは、彼を中心にして京都画壇史、というよりも日本画壇史を書くようなもので、これを機会に一応美術記者として明治以降の日本画壇の変遷推移を勉強しておくのも決して悪いことではないと考えたからであった」

しかし実際は考えたほど容易な仕事ではなく、当人の家庭事情の複雑さや戦争の激化も追い打ちをかけ、作業はやがて打ち切られた。そうこうするうちに戦後となり、「私」は新聞社をやめ、東京に出て作家の仕事に勤しんでいた。しかし十三回忌を機に、とうとう重い腰を上げて調査を再開する——という流れである。

画家の長男、卓彦（関雪の長男で正妻の子である節哉氏がモデル）とともに、作品が保存されている地方に出掛けるなどして調査を進めるうちに、闇にひそんでいた芳泉の存在を知った。「私」はやがて大貫画伯よりも芳泉の数奇な生涯に思いを奪われてゆく。「原芳泉について何か考えなければならぬ強い衝動を感じて山肌に顔を向けていたのである。何か彼のために考えてやらずにはいられないものが、原芳泉の生涯にはあるようであった」。

ある日、調査の旅の宿で、偽作ではない芳泉の作品が部屋にかかっているのに遭遇する。精密に描き込んであるその絵に、「私」は「見ていると妙に心に滲み込んで来るものがあった」、「妙に貧寒孤独な精神が、これはこれで作品をきびしくしていた」。

さらに芳泉の故郷にあたる鳥取県の山間の村に赴き、旧家の座敷で見た「堂々たる」偽作に、

「私」は、今後もこれは桂岳の作品と信じられて永久に他郷に出ることなく伝わってゆくのであろう、その事実は国がどうなっても変わらないだろうと思った、その瞬間、「ふと悠久なものを感じた」。偽物に対する「私」の感情は、少しずつ変化してきたようであった。偽作とは何か――？偽物は悪か――？

やがて花火師となった芳泉は、濃い桔梗（ききょう）色を出そうと夢中になるあまり火薬を爆発させて右手の指三本を失くした。知人は、彼が製造した打揚げ花火の早打ちはそれは見事で綺麗なものであった、としみじみと語る。が、結局は妻に逃げられた芳泉は、脳溢血で孤独死する。死の直前、絵筆をとろうとした形跡が残っていたという。のちに妻は言う、「絵を描くのが三度の食事より好きなくせに、結局間違った道へ入り込んでろくな絵一枚描かないで終って仕舞」った、そんな芳泉の人生ではあった、しかし……。

「私」はなお、彼の描いた偽作が山間の部落の農家の床に今も懸かっていると思うと、「悠久な思い」に捉えられるのであった。「それは桂岳と芳泉に関係ある事であって、しかもその二人に無関係なある一つの小さい事実を持っている生命（いのち）であった。そこではもう本物も偽物も何の意味も持たないようであった」。「私」は芳泉に、ある意味で、たしかに惹かれていたのである。芳泉のしたことは間違った方向への努力であり、徒労であったかもしれない。ただ、鬱屈した感情を抱えながら没頭しているときは悪意すら忘れてひたすら打ち込んだであろう三昧の境地は、永遠の花を咲かせはしなかったか。そのようなところに心をとめて作品にした井上の、美とそれを生みだす人間を見つめる眼に、私は驚嘆せずにいられない。

「記事になる」話題を追いかける歳月であっても、通い詰めるうちに、多くの「法隆寺記者」が金堂と壁画への愛着を育てていった。そう回想する井上自身は、「大和平野の朗々としたのどかな美しさと、そこの一角にある世界最古の木造建築の寺院の、凜然とあたりを払っている素晴らしい風姿の魅力に、他愛もなく取り憑かれてしまった」。その愛情は、戦時下や荒井寛方の宿命や亡びに象徴されるような、暗く悲しい思い出をもひっくるめたものであったろう。

*

ところで、法隆寺金堂火災の翌昭和二十五年夏、京都の金閣寺が放火で焼失している。このとき現場にかけつけて記事を書いたのが福田定一記者であった。支局で宿直をしていた七月二日未明、消防車のサイレン音で飛び起き、警察担当者に連絡したあと現場へ向かった。ふだんから親しくしていた鹿苑寺の村上住職を取材し、修行僧が付け火をした動機として「平素から宗門への不満があったのではないか」との、他紙では書かれなかった談話が三日朝刊の社会面に大きく掲載された。放火の動機については他紙を抜く報道、いわば「手柄話」めいたこの一事について、それ以上はよくわからない。形あるもの――それも、世に二つとない国の至宝――が一時の炎であっけなくほろびゆく現場に居合わせ、法隆寺に対する井上のような思い入れはなかったにしても、司馬の胸に何らかの思いが去来しなかったであろうか。「美術記者」になったことを嘆いて、「なんのために新聞記者になったのかというと、火事があったら走ってくためになったんで、もう落魄の思いでした」と書いた司馬であったが、後年三島由紀夫によって文学となる金閣寺焼失の実体験を、スクープ話だけで片付けられない気もする。

十一面観音像と『星と祭』

「星」は運命を現わし、「祭」は鎮魂を意味する——という井上の長篇小説『星と祭』。昭和四十六年五月から翌年四月にかけて朝日新聞に三百三十三回連載し、同年刊行された。

琵琶湖でボートが遭難して娘を亡くした架山が、同乗していてやはり亡くなった青年の父である大三浦に誘われて湖畔に散在する十一面観音を巡るうちに、心の平穏を取り戻してゆく物語である。井上はこのとき六十代半ば、長年培った美術と宗教への造詣と思索が結晶した逸品と思う。三十代の初め、美術記者時代に出会った十一面観音が、三十年を経て小説に新たな生命を得たかのように。

〝無名仏〟を好んだ井上は、古い壁画、曰くある器など、作者がはっきりしないものの来歴や宿命に思いを寄せる性向がある。愛媛の漁村の寺における十一面観音像との最初の出会いについても「サインする事なんか到底思い浮かべなかった謙虚な瑞龍寺仏の作者が無数にいてこそ、鳥仏師もあの法隆寺金堂の釈迦三尊を造れた」（「無名仏讃」）と述べている。作り手がわからないからこそ、想像は無限に広がる。小説で巡る十一面観音像もおしなべて作者不詳、あるものは不完全な像である。

架山は仏像にも信仰にも関心はなく、娘を死に追いやったであろう青年の親である大三浦とも距離を置いていたが、二人の遺体が見つからない状況のなか、大三浦の純粋な熱心さに引きずられるように十一面観音像を一体一体訪れはじめる。そして手を合わせるうちに、心境がだんだん変化してくるのである。いわば「殯（もがり）」の時期を経て、子どもの死という変えられない事実との向き合い方に、それぞれが折合いを見出してゆくのだ。

その過程における架山の移りゆく心の描写は、いいがたい共感を誘う。特定の宗教も観音信仰ももたない一人の父親が、人びとの信仰の対象であり、また鑑賞される美でもある十一面観音像を前にして、これまでになかった気づきを順々に得ていく。

たとえば、有名な渡岸寺の十一面観音像との邂逅の場面。

「……観音が人間の悩みや苦しみを救うことを己れに課している修行中の仏さまであると、大三浦に説明された時、初めて自分の心の中に、十一面観音の持つ姿態の美しさを、単に美しいというだけでなく、ほかのもので理解しようという気持が生れたように思う。そうでなかったら頭上の十一の仏面は、架山には異様なもの以外の何ものでもなかった筈である。それが異様なものとしてでなく、力強く、美しく見えたのは、自分がおそらく救われなければならぬ人間として、十一面観音の前に立っていたからであろうと思う」

渡岸寺の十一面観音像はたしかに美しい。しかし、信仰も美術的な関心もなければ、「異様」と見ることも可能な造形である。が、このときの架山には、「異様」と感じる要因は祈りの心によって浄化され、絶対的な、あるいは一般的な美という基準によるのでもなく、救われなければならない自身の心が目の前の観音像を力強く、美しく見せたのだ。

ちなみに、司馬もこの十一面観音像については言及している。

「日本の密教美術のすぐれた諸作品には、その（肉感から聖にむかって昇華を遂げるか、その寸前の・引用者註）瞬間がよくとらえられているようにおもえる。聖へ昇華しきれば端正に過ぎる。昇華する寸前の瞬間こそ、たとえば向源寺の《十一面観音》であり、観心寺の《如意輪観音》であろう」（「密教の誕生と密教美術」、渡岸寺と向源寺は同じ）

昇華してしまえば端正にすぎるので、その「寸前」の瞬間であることが鍵である。しかしそういったことは祈りの前には小難しい説明であるかもしれない。

さらに架山は、姿かたちが美しくなくとも人を惹きつける像に気づく。

渡岸寺観音堂・木造十一面観音立像（向源寺）
国宝　平安時代

「十一面観音というものに架山が惹かれたもう一つの理由は、それが集落の人々に守られ、何とも言えぬ素朴な優しい敬愛の心に包まれているということであった。利益にありつこうといったそんな気は、微塵も十一面観音に奉仕している人々には感じられなかった」

人びとの純粋なまごころによ

って、それを受けとめる観音像も変わってきたと思えたのである。尊厳を保ったままの慕わしさからも、美は感じられるという気づきであった。

さらに顔を失ってしまった仏にも出会い、「人間の苦しみを自分の体一つで引受けて下さっていたので」仏面を全て失ったのだ、と考える。これは頭部や手など体軀の一部を欠いたまま唐招提寺の講堂に安置されていた破損仏群をこよなく愛する心と通じてもいる。かつて井上はそのうち頭部と両手を欠いた如来形立像を前にして、「その美しさは少しも破損していない」「その美しさは完き(まった)ものである」と書いた。そして内部から盛り上がる充実感、体軀のやわらかく豊かな肉付けなどを「自由で明るい」美として愛で、「初めから意識して、仏の顔容と両手の形を、観る者の自由に任せるために、これを欠いたかと思われるくらいである」と「如来形立像」でつづっている。昭和二十七年のこの段階では、見ることのできる美に重心を置いているとも受け取れる破損の意味が、『星と祭』になると、人間の苦しみを引き受けてきた歳月と結びつけられる。美が心と、さらに言えば祈り、信仰といった霊性と結びついたのである。井上自身の変化と、小説ゆえに説得力をもつ描写であることが印象深い。

架山は十一面観音像に少しずつ心の安らぎを得ていく。

土地で観音さまを守る女性たちの顔に現われた優しい笑いに、架山は心がきよらかなもので満たされるのを感じた。彼女たちが抱いているものを信仰といっていいかは知らないが、そうでないなら、信仰というものになんの遜色もない別の価値を持ったものであるに違いない、と。

定義も、分別することもできない。何も頼まず、祈りもしない、それでも像の前に立っていると精神の安定を感じる。架山は「美」の別の面を受け入れはじめている。威に満ちたもの、優しさに溢れたお顔、人間の苦しみを引き受けた体躯……どの観音さまも、比べられない。それぞれのよさを有していた。

「十一面観音によって救われているのかも知れない。信仰というものには無関心であると考えるのはこちらの小さい計らいで、十一面観音はそんなことには頓着なく、自分を大きい掌の上に載せて下さっているのかも知れない」

そうこうするうち、十一面観音に亡き娘を感じるようになる。降り積もる時間のなかで、娘はひとりで静かに立っている、「死」とは、おそらくそのようなものであろうと思う。さらに観音を拝むと、美しく優しく貴いものに接した、満ち足りた思いがやってきた——架山の美の基準の変化はここにきて確実となる。とともに、殯は終わりへと向かう。それだけの長い十一面観音めぐりの過程が必要であったのだと納得される。

信仰の対象であり、鑑賞する美でもある十一面観音像が人の心をうごかし、かつ変化した心は見方も変え、新しい美を気づかせた。それをつぶさに描けるのはおそらく小説でしかない。人の内面とその変遷を織り込んだ創作物に昇華されてこそ、伝え、残してゆけるものである。記者時代から三十年の歳月が、井上にこの珠玉の作を生ませたのであろう。

二　宗教記者・福田定一と司馬遼太郎

密教への関心

司馬遼太郎は、記者になるはるか前から宗教に関心を抱き続けていた。真宗門徒の家に生まれ、「親鸞を他人のようには思えない」というほど浄土真宗に親しんでいた一方で、密教への、それももっぱら「雑密（ぞうみつ）」への関心が強かった。役行者（えんのぎょうじゃ）などで知られる、真言・天台密教が成立する前にみられた初期の密教で、のちに空海がひろめた体系的な「正密」とは逆の世界である。生まれた土地柄にもおのずと影響を受けたらしい。幼少期をよく過ごした母の実家は、大阪と奈良の境近く、『街道をゆく』の最初期に歩いた竹内街道に沿っている。七世紀、推古天皇の時代に敷かれた、飛鳥と難波の港を結ぶ幹線道路と平行して通るこの道は、隋や唐からもたらされた文物や人が行き来する国際的な空気を吸っていた。故郷の微かな残り香が、歴史好きの少年に喚起するものは小さくなかったようだ。

葛城山や二上山に囲まれ、役小角（えんのおづぬ）が出た地でもある近辺は、日本古代史でいうと、神々の世界が仏教にとってかわる舞台となった。得体の知れない山岳修行者が神々や仏とどのような関係にあったかはいざ知らず、司馬が山伏、行者、修験者、物の怪、魑魅魍魎（ちみもうりょう）、呪術、怪奇などへの関心をこの土地で育てていったことは、自身が述べているとおりであろう。雑密への興味とあいまって「梟の城」「妖怪」など「変な小説を書いてしまうはめになった」(『街道をゆく　洛北諸道』)という告白、さらに後年の『空海の風景』の執筆にもその関心はつながった。

実際に密教の断片を見た最初は、十三詣りのときという(『空海の風景』あとがき)。虚弱な嬰児を案じた身内が願をかけたために、中学一年の夏休み、兵隊帰りの叔父につれられて大峰山に登った。山伏が修行をする聖地である。途上で目にする白装束や金剛杖、わらじ履きの姿が、異様で気味悪かったという。山頂の岩場で胴にロープを巻きつけて逆さにつるされ、谷底をのぞきながら「親孝行をするか、勉強をするか」という問いかけに「はい」と型どおりに嘘をついた、そらぞらしくも面映ゆい気持ちはあとあとまで残った。山頂の蔵王堂の闇に「不滅の灯明」の炎がゆれていて、「ほんとうに不滅か」と叔父にきいたとき、闇のなかから「ほんとうに不滅だ」という声がしたのが薄気味悪く、衝撃をうけた。以来、この山を開いた役行者が好きになり、二十歳になるまでに大峰山に登ること四度。彼にとって役行者は、空海よりずっと先駆的な雑密の徒の象徴的存在であったという。

昭和十八年夏、学徒出陣を控えた司馬は、境遇が同じ友人と徒歩旅行をこころみた。吉野から熊野の大山塊を抜け、潮岬(しおのみさき)に出て熊野灘を見る計画で山に入った。最初は昼に歩いて野宿していたが、暑さに耐えかねて昼は山のお堂や炭焼小屋で睡眠をとり、夜に歩いた。地図はなく、あらかたの方角の見当をつけて進んだ。天川村を過ぎて大塔村で寺に泊めてもらったが、そのあと川筋を間違えたか、けものみちのようになり、難渋しながら一晩中登りつづけるうちに、「不意に山上に都会が現出した」。悪いものにたぶらかされているようでもあり、夢の中にいるようでもあった——高野山だった。電光がきらきらと光って見え、深山幽谷のこんなに高い山の上になぜ都会があるのか——このときの驚きが『空海の風景』を書かせている、と作中で述べている。

そもそも、国も時代も超えて人類的な世界観をもつ巨人である空海には、遠い距離感をおぼえていた（同あとがき）。それでも空海が十八歳で最初に書いた戯曲『三教指帰（さんごうしき）』に記者時代に出会って好きになり、その「書」の写真版をつねに身近に置いて眺めてきたという。『空海の風景』は小説ではあるが、筆運びは密教よもやま話、あるいは密教よもやま語り、の印象がなくもない。全編、仏教にまつわる独特の思索の旅ともいえるが、その芽は若き日から着実に育まれていたのだ。

兵役から戻った二十四歳のころ、高野山で出家を考えたことがある。「正密」ではあるが、役行者になることはハードルが高かったに違いない。「高野山の森」によると、

「就職もないまま、なんとなく生きてゆくのが面倒になって、いっそ高野山大学にでも入って出家遁世してやろう」

そう父に告げると、「学費は出さない」と言われた。代々の浄土真宗門徒の家長としては寛大なほうであろうか。仕方なく復員服で「アルバイトはないか」と高野山に出かけたというから、息子もめげていない。どの寺院であろう、ずうずうしく上がりこむと、台所にいた老僧に「坊主になりたいのかね」と聞かれた。「まあ、それで暮らそうと思っている」と答えると、「やめろ」と返事がかえってきた。

そのあと奥の院へと歩き、深い森に多く居並んだ墓を見る。

「この連中も、懸命に生きてきたのだ」

ふと、そう思うと、「野蛮めいた力が、私のなかに湧いてくるような気がした」。奥の院には織田信長をはじめ豊臣、徳川一族、明智光秀、石田三成、伊達政宗、武田信玄、上杉謙信ら、戦国武将たちの墓が数多くある。このときの想念が、なにかしら将来への伏線となったのかどうか。

密教が、大乗仏教のなかでもとりわけ、いわゆる「釈迦の仏教」とはほとんど別ものということは承知しながら、「中世の人の心、歴史、文学を知るには真言密教の修法がいかに信じられていたか理解が要る。真言密教とは、思想を論理化した点で完璧な体系を背景にもつ「魔法」」（「洛北諸道」）といった言葉からは、日本人の精神の歩みを考えるうえでも密教に重きを置いていたことがうかがえる。

初代宗教記者

新聞記者としての司馬遼太郎をふりかえっておくと、復員して昭和二十一年に京阪神の新興紙だった新日本新聞の京都本社に入り、大学・宗教記者となったのを皮切りに、同社が倒産して産経新聞に引き取られるかたちで入社した昭和二十三年から四年間、京都支局で大学とともに宗教を担当した。二十代後半のことである。

「戦後の乱世で、食糧難のころにお寺詣りしていたようなもんですね。いわば青春がお寺から始まった感じがあるな、つまり行きつくところから始まったというふうな」（「足跡」）

その後、大阪本社地方部に転勤するも翌二十八年、文化部へ異動し美術・文学を担当することになる。三十一年に文化部次長となったとき、思いはすでに創作に傾いていた。休みをとって京都の北のはずれ、宗教記者時代に通った志明院に一、二週間逗留し、離れに籠って小説を書くこともあった（『新聞記者　司馬遼太郎』）。昭和三十五年「梟の城」で直木賞を受賞し、翌年に退社して小説家の歩みをはじめた。

司馬は産経新聞の初代宗教記者であった。折しも昭和二十二、三年、東西両本願寺の記者室を中心に日本初の「宗教記者クラブ」が発足している。東本願寺渉外室の青年僧で大谷大学を出たばかりの等岳兼昭（しなおか）氏の奔走によるものであった。司馬も出入りし、昭和二十四年には、曹洞宗の本山である横浜の総持寺や福井の永平寺への研修旅行に参加している。のちにふれる「禅僧に関する憂鬱な記憶」ができたのは、このときであろうか。

西本願寺の記者室の「司馬さんのソファー」はよく知られている。記者時代、しばしばここで寝転んで本を読んでいたという逸話が語り伝えられたためである。クラブに顔を出しても目の前の龍谷大学図書館に直行し、資料と首っ引きだったとの証言もある。また国宝・飛雲閣にもぐりこみ畳の間で昼寝や瞑想にふけっていた、など、いかにも彼らしい話が残されている。なお東本願寺では、宗務所内の古書の多い教化研究所に入り浸っていたらしい。

ほかにも定番の訪問場所がいくつかあったようである――。

・智積院の恩恵

東山に広大で美しい庭をもち、桃山時代の障壁画の傑作でも知られる真言宗智山派総本山、智積院を、宗教記者になってからたびたび訪ねるようになった。真言密教についてさまざまの教えをうけ、老僧にもらい受けた『性霊集』で空海について学び始めてもいる。『三教指帰』を読んだのもここであった。そのとき「なぜ三教なのか」と奇妙に思ったという。仏教の優位性を主張する趣旨からいえば儒教と比較するだけで十分なのに、ことさら道教を加えたのはなぜか。『空海の風景』で、この二十数年来の疑問について推測している――美意識において均衡と装飾をよろこぶ空海の本能の片鱗でもあり、論理的なくせとしての完全主義のあらわれでもあろうと。

若い福田記者は、親しくなった僧たちにほかにもさまざまな質問をぶつけたらしい。空海の二十歳での得度についての疑念、留学先の長安で受けた灌頂（かんじょう）について、などなど。元来秘密なものなのでよくわかりません、と納得のいく回答を得られないこともあったが、問いは内々に生き続け、四半世紀を待って自著で息を吹き返したのである。

・志明院での小説執筆

〝日本有数の魔所〟志明院（通称・岩屋不動）は、北区雲ヶ畑にある真言宗系の単立寺院。本尊の不動明王は、淳和天皇の勅願で弘法大師がつくったと伝えられる。山門から先は霊場となっており、都から追われた魑魅魍魎の最後の砦といわれている。宗教記者時代ここに通っていた司馬が、大阪に転勤後も休みをとって訪れては離れで小説を書いていたことは先に述べた通りである。「変な小説を書いてしまうはめになった」と自らいう「梟の城」「妖怪」などの内容からして、うってつけの執筆環境だったといえそうだ。山伏、行者、修験者、物の怪、魑魅魍魎、呪術、また雑密の世界への興味は、よき場所を得ることでかたちとなった。

・大悲山峰定寺の修験道

十二世紀に開かれた左京区花脊原地町にある修験道系の山岳寺院。本尊は千手観音で、文化財が多数ある。開基とされる観空西念についての記録はないが、建てさせた鳥羽院が修験道に凝っていたため、「山伏だったに違いない」といわれる。当時、法力は官僧より民間の修験者のほうがまさっていたとか。いかにも司馬好みの場所に思われる。

司馬が京都にいた時期は、太平洋戦争の戦犯を裁く東京裁判が始まり、下山・松川・三鷹事件といった今も謎がのこる事件が相次ぎ、朝鮮戦争が勃発、講和条約論争、左翼学生運動、労働運動などが盛んとなる昭和の「激動期」であった。この時期に司馬は風潮におもねらない独自の思想を構築した、という見方もされている（『新聞記者　司馬遼太郎』）。

逸話がある。昭和二十三年、四条烏丸の大建ビルの進駐軍に呼ばれ、親鸞の教えを弟子の唯円が記した『歎異抄』にある「善人なほもて往生をとぐ、いはんや悪人をや」を説明するよう米兵に言われた。キリスト教は善悪を倫理で決めるが、不変のものを求める仏教の教義に時世時節で変わる倫理による善悪の取り決めはない、と説明してもわかってもらえない。とうとう「帰れ」とお払い箱になった。

司馬の考えでは、親鸞のいう「悪人」は、自身を含めて解脱できない凡夫のことである。「善人」は、釈迦のような天才など一千万人に一人ぐらいでしかなく、それ以外のほとんど全員が〝悪人〟となる。若いアメリカ兵には理解し難い話であったにちがいない。では日本人はなぜそういった思想をもつようになったのか。こういった体験は、仏教や宗教を糸口に日本や世界を考える種を若い記者の中に多少とも蒔いたことだろう。

宗教記者としてのもう一つの大きな出来事は、東京世田谷の浄土宗寺院の総領である成田有恒、後の寺内大吉と知り合ったことかもしれない。早くから小説を書いていた彼が来阪した折に酒席をともにし、親しくなると、小説を書くよう勧めてきた。同人誌はいやだという司馬に、懸賞小説に応募するよう促したことは、一つの大きなきっかけになった。東京に戻った寺内は、あらゆる懸賞小説の応募規定を切り抜いて送ってくれたという。なかで一番締切りの早かった「講談倶楽部」に応募したのがデビュー作となる「ペルシャの幻術師」である。二晩で書いたというから、すでに内なる準備はととのっており、一気にマグマが噴出したような印象である。高浜虚子に声をかけられて夏目漱石が筆を走らせた『吾輩は猫である』を思わせるような、値千金のきっかけ一つであった。

釈迦へのうしろめたさ

司馬の仏教に関する膨大な知識と積年の思索、その変遷を正確に把握することは私の手にはおえない。ただ繰り返し強調されていること、たびたび表明している姿勢などから、彼の仏教観とはどういうものであったのかをのぞいてみると――。

「――仏教とは、なにか。／と、ひとことで言えといわれれば、どういう仏教学の碩学にとっても不可能である。／さらにいえば、百万言、千万言を費やせば費やすほど、仏教は正体から遠くなるか、意味不明のものになってしまう」(『街道をゆく　奈良散歩』)

本音であろうし、実際そうだろう。わかっているのは「釈迦が説いたものだということだけである」、ただし、その説いた内容は、実証的なことは少しもわかっていない、とも。もともと口伝のみであった教えが、文字化されるや、経典が膨大に編まれ、それらは互いに平然と矛盾しあっているのだから無理もない。

そんななかで、結論ふうにいうと、次のような言葉が印象的だ。

「私は、仏教の本質は光明だとおもっている」

亡くなる五年前のエッセイ「博多承天寺雑感」で述べられている。臨済禅やキリスト教の「愛」について言い及ぶ前後の文脈を抜きにしても、心底から真っ直ぐに放たれた矢のようだ。教義の深い部分を内に宿した言葉であっても、仏教への司馬の「愛」さえ感じてしまう。

では「美術」として大きな役割を担っている仏像を、どうとらえていたのか。

「本来、法(真理)であった仏教が、なぜ仏像になってしまったかということを考えつづけねば、仏像の意味もなくなる」(「密教の誕生と密教美術」以下同)

一神教のような絶対者のいない仏教は、啓示をもたない。それどころか釈迦は、言語によっては仏教の窮極の境地は表現できない、と考えた。原則は「不立文字」であるから、生前は経典をつくることをしなかった。当然、教えの可視化、まして自身の像などは考えもしなかった。「原始仏教は美術的ではなかった」のである。

そのとおり、最古の仏教美術も釈迦を造形化することをせず、もっぱら仏舎利をおさめた仏塔を荘厳にしてゆくことに精を出し、釈迦の造形化は避けられていた（高田修『仏像の誕生』）。仏像がつくられるようになったのは、インドのマトゥラー、そしてパキスタンとアフガニスタンにまたがるガンダーラにおいて、ともに一世紀末ごろからとされている。新たな仏教美術展開への決定的な起点であった。ガンダーラではギリシア美術の影響で、マトゥラーでは礼拝供養の対象をあらわす過程で、仏像が造形されるようになった。

宗教が誕生してから徐々に複雑になり、言葉や文字だけでは理解しにくくなると、人びとにわかりやすく説明するために視覚化の道をとるようになる。同時に、心の支えとなる対象を目で見たいという人びとの願望が、造形芸術につながることに不思議はない。その道のりにおいて、芸術ならではの力で別の魅力を蓄えてゆくのは、仏教に限らず宗教のさだめでもある。ただし、造形的展開を遂げた仏教を釈迦自身が見たとすれば、「これが自分が興した仏教であるかと仰天するにちがいない」と司馬は彼らしい言い方をしているが。いま日本でも仏像や仏画を見て歩く愛好者で、仏教の教え（法）にまで興味をもつ人は多くないのではなかろうか。とはいえ、司馬曰く、本来は「法」の内容こそが仏教であって、「仏像をつくって拝むことは、哲学者の著作を読まずにその銅像だけを拝んでいるようなもの」（以上「密教の誕生と密教美術」）なのである。

一方で、紀元五～七世紀に成立した密教は、すでに釈迦の仏教とは別ものといえるほど違っていた。第一、実在しない大日如来を教祖としている。視覚化によって教義をあらわし、菩薩像などはとりわけ華麗に装飾される。難解な原理と体系を説くのに言語にたよるより合理的で独自な「曼荼羅図」という絵画表現も用いられた。美術化の速度は速かった。

密教や浄土真宗など大乗仏教に関心を深くしながら、司馬は釈迦という個人には親しみをもっていた。人間が苦悩のかたまりであることに釈迦ほど悲しみ、傷(いた)んだ人はおらず、「人類史上、最初に、人間の肉体と人生から精神というものを抽出し、それを凝視し、よき作用を見、また悪しき作用の機能を指摘した人」(「華厳をめぐる話」)であり、達した成道の世界へと人びとを導き入れたいという慈悲の精神を発揮し実践した「あかるくやさしい人」であった。俗に〝八百法門〟といわれるほど釈迦滅後の仏教が多様な教えを受け入れながらも、なお「仏教」の名称でくくられてきたところに釈迦の魅力がある、ともいう。

教え云々より「釈迦以後の仏教よりも、釈迦そのものが好きである」と言い切るところも、「人間についての関心だけを頼りに書いていく」という信念を貫いてきた彼らしい。ただし、「よほど、衝撃的なほどに、大きな存在であったにちがいない」ゆえに、釈迦には手が届かない、天才すぎて人間離れしている、という思いも抱き続けた。釈迦のように自己の内面を徹底して改変することは、煩悩多いふつうの人間にはたしかに難しすぎる、と。

個人としては「仏像が出現してからの仏教よりも、言葉だけの世界だったころの仏教にはげしい尊敬心をもつ」と釈迦の時代に憧憬をいだきながら、こう述べる。

「尊敬と魅力は、ときにべつなものであるらしい」

人間というもの、魅力的な造形には惹かれざるを得ないのである。視覚的、あるいは芸術的な世界に魅せられる、という気分は「釈迦はそうではなかったとおもい、そのことに後ろめたさをおぼえる」という。釈迦がそうではなかった、というのは、自分の姿を造形化、しかも〝美化〟する、くわえて後世まで残そうという、自己顕示的な性質から釈迦その人はほど遠かったからであり――釈迦は自分が仏教の教祖であるという気持ちすらなかったと中村元氏は述べている――そこに司馬は（おそらく自分と通じ合う）含羞をも感じとり、共鳴をおぼえたのではないか。ただし、うしろめたいにもかかわらず、「逆作用としての別天地に入りこんでしまう」と告白するのも正直なところだろう。不立文字、説明不要な教えであるのにけしからん、などというのはもはや外野のヤジで、人間、美の魔力の前には無力なのだ。すでに釈迦個人とは離れて歴史に生きた人びとの営み、文化には抗えない。

「仏教のなかに美術が導入されて以来、聖なるものさえ蠱惑的であやしくさえ感ぜられる」

この言葉に司馬の仏教と美術についての考えが凝縮されているように思える。それも、「とくに密教的段階に入った美術がそうである」というわけである。

仏像を見る眼

以上のような事情があってか否か、仏像や仏教絵画を「美術」として司馬が論じた文章は多くなく、それも人間を語る熱度と比べれば低温で、どことなく距離を感じさせもする――もっとも、広目天の足に踏んづけられている天邪鬼（あまのじゃく）のような〝脇役〟に寄せる同情などはこよなき温かみを帯びているけれど。

たとえば、空海が住まいした神護寺の虚空蔵菩薩については、

「五体がそれぞれの印をむすび、裳をつけて結跏趺坐した姿は、安定感以上に愛らしさを感じさせる。のびやかに大きく弧をえがいた眉、ながながと切れて半眼にひらいている美しい両眼、ゆたかな頬、紅に肉づいた唇、くくれたおとがい、あるいは、首飾りや腕輪、ブレスレットでかざられた胸と上肢の匂うような肉体感から、成熟した性を感じざるをえない。同時に、聖へ昇華しようとする神秘感がただよい、その瞬間のあやうさは密教そのものといっていい。私どもが凝視しているだけで、密教とはなにかということを感じさせてくれる名作である」

巧みな描写だが、お手のものでもあろう。

そのうちで、たとえば興福寺の阿修羅像を語る文章はひと味ちがっている。なんでも、東大寺戒壇院の広目天とともに、奈良の仏たちのなかではつねに懐かしいものだという。

阿修羅は悪神である。六道のうち、たえず闘争を好む一種の鬼神でもある。三面六臂をもつ興福寺の阿修羅像は、しかし悪鬼というよりそこらへんにいる子どものような趣もある。身長一五三センチ強の細身で、「少女とも少年ともみえる清らかな顔に、無垢の困惑ともいうべき神秘的な表情がうかべられている」（『奈良散歩』）、まさにその通りだが、「多量の愛がなければ困惑はおこらない」と、ここから司馬らしさが展開する。

「しかしその愛は、それを容れている心の器が幼すぎるために、慈悲にまでは昇華しない。かつかれは大きすぎる自我をもっている。このために、自我がのたうちまわっている」

三岸節子について、持ってうまれた情熱の量、生命の炎が多量すぎてやり場に困った、と表わし

た感性がここにもみえる。そのような対象に彼の気持ちは傾いてゆくのである。

「多量の自我を持ってうまれた者は、困惑は闘争してやまず、困惑しぬかざるをえない」

阿修羅が困惑の面持ちでいなければならない、これが司馬なりの理由である。しかし阿修羅は同時に、「相変らず蠱惑的」でもある。

「顔も体も贅肉がなく、性が未分化であるための心もとなさが腰から下のはかなさにただよっている。眉のひそめかたは、自我にくるしみつつも、聖なるものを感じてしまった心のとまどいをあらわしている。すでにかれ──あるいは彼女──は合掌しているのである。といって、目は求心的ではなく、ひどくこまってしまっている。元来大きな目が、ひそめた眉のために、上瞼が可愛くゆがんで、むしろ小さく見える」

凜とした顔ゆえに、「未分の聖」があらわれている──司馬は、この阿修羅像が好きらしい。「たれでも好きでしょう」と、愚問と言わんばかりである。「すぐれた少女なら、少女期に、瞬間ながら一度はこういう表情をするのではないでしょうか。それを見た記憶を──たとえ錯覚であっても──自分のなかで聖化してゆくと──少女崇拝の感情を濾過してゆくと──こうなると思います」。

戯曲を読んでいるかのようだ。そのあと、「なんだか演説しているような面映ゆさを感じて、その場を離れた」という。面をふせ、音も立てず舞台を去る背中が想像される。

むすびの一文は、「阿修羅は、私にとって代表的奈良人なのである」。ああ、やはり人間だ。阿修羅像を前にして、この人は芸術品ではなく、人間をみているのだった。

漱石の独創的な仏教美術観

余話を一つ。日本における最初の官展として、明治四十年（一九〇七）十月に始まった文部省美術展覧会（文展）は、以後毎秋、大正七年の十二回まで上野公園の帝室博物館所属竹之台陳列館で催された（翌年からは帝展に改組）。日本画、西洋画、彫刻の三部構成で、当時の美術界を総合する展覧会という位置づけであった。その第六回（大正元年十月十三日〜十一月十七日）の開幕に合わせて寺田寅彦とともに出かけた夏目漱石は、東京朝日新聞に「文展と芸術」を十月十五日から二十八日にかけて掲載している。漱石は主筆の池辺三山に請われて明治四十年に朝日新聞社に入社、小説を執筆するかたわら文芸欄の編集を受け持っていたのである。初日の会場は非常な混雑で、「人の波に揉(も)まれながら部屋から部屋へと移つて行つた」と、盛況ぶりがうかがえる。当時の人びとの美術熱、各作品や作者を名指しての歯に衣着せぬ批評、その根拠となる自説などいずれも興味深いのに加え、ここで漱石はわざわざ断って独自の仏像や仏教美術への考えを披露している。

そもそも安田靫彦の《夢殿》を見たことに端を発する。横長の画面の中央に聖徳太子が目をつむって鎮座し、向き合うように右側に描かれた三人の僧侶の説教を聞いており、左背後には三人の女官が控えている。シンプルな構図、全体に淡い色彩で端正な印象をもたらす絵であるが、漱石は「観て何といふ感じも興らなかつた」らしい。結果をみれば最高の文展二等賞に選ばれ、実業家の原三渓に買い取られるという、高い評価を受けたにもかかわらず、漱石は「失敗ぢやなからうか」と自説を通して憚(はばか)らない。その根拠を説明するために、「序(ついで)だから」と前置きして、「自分がかねて日本古来の仏像だの仏画だのに就いて観察した新らしいと思ふ点を参考に述べたい」と語り始めるのである。

まず漱石のみたところ、日本や中国の仏画や仏像には、なぜか昔から好男子はいないという。とくに寒山拾得や五百羅漢などは甚だしく男ぶりがふるわない――たしかに仙人にしてはぎょろりと異様な目つきの怪物じみた風貌、どこか足りない狂気めいた表情にお目にかかることも少なくない。漱石にいわせれば、崇高や超脱といった出世間的な偉力を有した精神上の徳が、かかる下品な容貌で代表されようとは思えない、目つきや顔立ちがいやしければ、下劣な人格を反映したととるのが常識。芸術家がそれをわからないはずがないのに、なぜわざわざそのような表現をするのか。ただ習慣といわれても自分には腑に落ちない、というわけである。

安田靫彦《夢殿》
1912年　東京国立博物館蔵

そこで考えるに、ギリシアの神像はことごとく人間の像である。正確にいえば、ギリシア人は神を彼らと同じ人間に引きおろして像にした、だから彼らの遺した像は「人間として立派」である、とのこと。なるほどギリシア彫刻の神々は、概して容貌も体格もととのっていて（人にすれば）欠点がない。そこに「神の代表者たる最も完全な人間を見るのである。若くは最も完全な人間を通じて神を見る」。ところが、日本の仏像はまったく反対のやりくちに出ている。「人間以上の仏を、人間の眼鼻を借りて存在させやうと力めた」、だから「(眼も鼻も) 実はほんの借物に過ぎない。方便として眼鼻を使ひこそすれ、目的は夫等の奥にある無形の或物である」。平凡な人間の姿で仏を表現しようとするなら、「奥にある無形の或物」つまり、見えない精神的ななにかしらを表わさなくては意味がない、ということであろうか。なのに、それをまったく人間程度に現わしては、仏を人間らしくするには都合がよくても、人間を仏らしくするにはかえって邪魔になる、というのである。「其不純な感じを頭から抜き去る必要から、彼等は人間離れのした不可思議な容貌を骨董の如くわざと具へてゐるのではなからうか」。では奇怪な容貌を通じて仏の魂がどうして輝き得るか――それが芸術家の「霊腕」である、と漱石はいうのである。

なかなか難解だが、ようするに、仏を「ふつう」の人間の風貌に描けば、よほどの腕がないかぎり、まったく「ふつう」「平凡」にしか見えない。だから不可思議で奇妙な容貌に描く。しかしそんなふうに描いたからといって、いったいどうして仏の崇高さが観る者に伝わるのか。そこで漱石は自身の体験を語る。

かつて古仏像の写真を見たとき、顔はそこらへんでお目にかかる普通の顔であった。しかし、なんら奇妙なところのないその眼鼻立ちの奥から、「如何に人間を超越した気高い光が射したかは、忘れやうとしても忘れられない記憶の一つである」と。この平凡な顔は、「実に無限の常寂と、絶対の平和と、無量の沈着と荘厳とを以て自分に臨んだのである」。誰が造ったのかはわからない。無名の芸術家は、「決して一時の出来心からこんな像を刻んで見やうとしたのではなからう」。無名の芸術家の「霊腕」、不可思議なほどすぐれた腕前――精神性を伴うものか――がおのずとそのような仏像を刻ませた、と言いたいのであろうか。

わざわざ奇怪な風貌に描く必要はまったくない、しかし、それで観るものの心をゆさぶる仏の奥底の魂を伝えようとすれば、作り手には鍛練で身につく技術だけではない、突き抜けた精神性が必要であって、それは残酷なほど作品にあらわれるのだろう。

一見穏やかな風貌をした安田靫彦描く聖徳太子や高僧たちは、そのような境地につれていってくれるものではなかったのだ、少なくとも漱石にとっては。ゆえに「形而上の仏教的な或物が何処（どこ）にも陽炎（かげろ）つてゐないとすれば、君の画は失敗ぢやなからうか」とまで言ってしまう。論として明らかに実証されるとは考えにくく、体験にしろ感想にしろ、漱石個人の物言いといえばそうだろうが、なるほどそうかもしれないと思えなくもない。

展評の冒頭には「芸術は自己の表現に始つて、自己の表現に終るものである」の一文がおかれている。そこには（磯田光一氏によると）文展の形骸化やマンネリズムへの厳しい批判、そして文学者としての内省もこめられているという。その漱石が己にとっての真実を感覚に正直に述べ、よって立つ理由を滔々（とうとう）と語る姿は頼もしい。仏教美術の専門家でないことなどつゆほども気にせず自論を披瀝するさまは、芸術とは世間の評価はもちろん、誰しも何にも束縛されず向き合ってよいのだ、いやそれがほんとうなのだと勇気をくれる。司馬が「裸眼」に気づく前になめた苦しさと、気づいた後に味わった自由を思い起こす。芸術に接するとき立ちはだかるとらわれを突き抜けた先には、無限の青空が広がっている。

余談ついでに、院展の重鎮であった横山大観（一八六八―一九五八）と安田靫彦（一八八四―一九七八）は、漱石、井上、司馬の三人によって新聞で展評を書かれたことになる。突出した生命力と抜群の存在感をみる思いがする。とくに漱石と井上がよくもわるくも注目せざるを得なかった安田の絵は、一見、落ち着いた描線が穏やかで優美な世界を醸しているのだが、見る者に何かしら言わせたくなる秘薬がはたらいていたのであろうか。

禅への距離感――須田剋太という善財童子

司馬遼太郎に戻る。同じ仏教でも、密教とは対極のように「禅」への距離感は司馬のさまざまな文章からうかがえる。禅は宗教界にとどまらず日本文化全体に大きな影響をもたらしたといわれるが、「日本仏教小論――伝来から親鸞まで」という題で一九九二年に講演したさいもほとんど言及せず、「禅は天才の道であって、私のような平凡な人間が踏み込むべき分野ではありません」という丁寧な断りかたが、かえって冷やかに聞こえる。禅が釈迦の原始仏教以来の法統を継いでいることは認めながらも「私にかぎっていえば、禅がもつような、超人的な精神力の分野は、どうもにが手です」と述べている。

昭和二十四年、記者クラブで永平寺を訪れた頃はまだ一帯が観光化されておらず、「若い雲水たちはみな眉が騰り、体を木槌でたたけば金属音が出るかと思われるほどに張りつめていて、贅肉がなく、動きがきびきび」して曹洞禅の道場はいいものだと感心した、と「越前の諸道」では書きながら、カッコつきで（もっともいい、いいものと感じても、禅宗が好きだったわけではない）とわざわざ加えている。

その「曹洞禅」に、正確にいえば道元の思想に心酔していたのが、長年『街道をゆく』の旅をともにした須田剋太画伯である。

須田剋太（一九〇六―九〇）は、一九七一年に「週刊朝日」で始まった連載『街道をゆく』の初回から亡くなる直前まで三十年近く、国内外を旅する司馬に伴走した。骨太な画風のみならず、「須田画伯」の素行や発言はたびたび文中に登場して異彩を放ち、紀行にユニークな彩りを添えている。司馬より一回り以上年長で、井上靖より一年先に生まれ、一年先に亡くなった同世代である。埼玉に出生して画家を志し、東京美術学校に四度落ち続けて独学で油彩を学び、具象画で三十歳のころ文展に入賞、以来、三度の特選など頭角をあらわすが、やがて抽象画に転じた。

写真に残るオカッパ頭のツナギ姿はかなり個性的だ。作中で描かれるようすも浮世離れしているが、実際に漂泊して奈良に仮寓していた時期がある。新薬師寺の一隅に住まわせてもらい、仏像を写生していたらしい。この時期、東大寺の大仏殿を半裸姿で「物狂おしく」写生していた画家をみつけた後の同寺別当・上司海雲氏は「善財童子をみたような思いがした」という旨のことを後年、書いた。東大寺は華厳宗の総本山で、善財童子は発心して五十三人の教えを導いてくれる善知識を訪ね歩く、『華厳経』に出てくる求道の童子である。絵の道を狂おしく求める修行者のような画伯の姿と重なって見えたのかもしれない。

四十を過ぎて抽象画の旗手・長谷川三郎（一九〇六―五七）との出会いが転機となった。東京大学の美学美術史学科を出た長谷川は、創始者の一人として名を連ねる自由美術家協会を理論面でも支

須田剋太　高野山大門風景／高野山みち
『街道をゆく』第261回　1976年
『司馬遼太郎と歩いた25年「街道をゆく」展図録』
（1997年　朝日新聞社）より

えた画家である。司馬によれば、哲学書としてもすぐれた道元の『正法眼蔵』を美学的に読みこなしていた長谷川が、「道元だって、きみ、抽象だよ」と言った瞬間、須田の胸に何かがストンと落ちた。須田は『正法眼蔵』を手にとり、抽象画の道を歩みはじめた。

道元が抽象、というのは、「欲望を捨て、心を透明にし、いわば精神を抽象化することによって、さとりの境地がひらける」という意味であり、しかし須田が道元に傾斜したのは、なにも悟りをひらくためではなく、そこから造形理論をひきだすためであって、「道元研究においても須田さんは類のない道を歩んだ」と司馬は「二十年を共にして」で述べている。須田は終生、理論好きであったらしい。「裸眼で」で告白されたように、芸術における理論については苦い過去をもつ司馬が見るところ、「この画家の場合、長谷川理論が実践される上であやうく無機質化されてしまうぎりぎりの場所で、道元の思想によってその危険から自分を救いだし、その芸術に肉体をあたえた」（「出離といえるような」）。結果的にそのことが画家の後半生をささえた。

五十一歳の若さで没した長谷川が、自ら創った理論を実作によって結実することが難しかったのに対し、「そのシステムが須田剋太の肉体に入りこんだときからちがった律動ながらおもしろく作動しはじめた」（同）と解釈するのだ。同じ車の後部座席で街道をはしっていると、すぎゆく山々を画伯はスケッチしはじめる。一瞬で景色は過ぎるが、その一瞬後には画家の膝の上でいま過ぎた山の骨ができあがっている。風景の骨をすばやくとりだす、その視覚的訓練は「おそらく道元的抽象画」によってできあがった、と司馬は推察するが、それこそ肉体が作動した成果だったかもしれない。

画伯の絵についてこんなふうにも書いている。

「剋太の視覚のゆゆしさと力学性は、対象の皮膚や毛よりも骨格をみきわめることにある。かれは山を見てもただちに骨格をひきずり出し、牛を見てもその骨格の力学的な力強さに魅かれる。物の本質を抽出するという意味において、剋太の抽象画と抽象画的視角、思考が剋太の造形をゆたかにしたことは測り知れない」（「須田剋太氏の芸術と人間」）

出会い直しふたたび

司馬の美術記者時代は、抽象絵画の全盛であった。それは須田が抽象画に転じて三、四年経たあとにあたる。福田記者にとっては「具象画よりも抽象画のほうが、見た感じを文字に（無理やりの作業ながら）翻訳することがやさしかった」ために、「印象的な評を書く私自身の負担を軽くした」。理由は「当時の抽象画がまだ十分な肉体性をもつにいたらなかった」ためではないか、と推測する。そういったなかでも、須田剋太ら数人の画家の絵は「見るたびに、圧倒する力をもっていた」という。昭和三十年前後の国画会大阪展の会場で、黒と白を構造的につかった大きな絵の前に立っていた須田を、福田記者は目撃している。「頭がくろぐろとしたオカッパで（髪は終生豊かで黒かったですね）、服装はデトロイトの自動車組立工のようでした」（「二十年を共にして」）。ただし、当時は絵を見ても「他者を圧倒することが芸術なのかという疑問」がつねに残った時期で、そのわだかまりのせいか、ひどくモダンな人に見える風体に近づけず、直接話す機会はもたなかった。そこには須田国太郎に声をかけられなかったときと同様の気分が作用したかもしれない。

二人のつきあいは二十年近く後、『街道をゆく』の初回、近江の朽木街道への日帰り旅にはじまる。もはや記者と取材対象の画家ではない、作家と伴走する画家の関係であった。十七歳上の須田は六十五歳というのに、歳の差を一瞬たりとも感じることなく、「出離の人」かと思えた、という。文字通り出家者、悟った人、というより、浮世に生きていない、ほどのニュアンスであろうか。「まことに稀有な人と出会ってしまったような感じがした」。

ちなみに彼の起用を提案したのは、朝日新聞大阪本社で編集部門にいた橋本申一氏であった。先にふれた井上靖の短篇「ある偽作家の生涯」でモデルとなった日本画家、橋本関雪の三男である。申一氏は自身では描かないけれど、「絵を見る上においては、じつに卓れた目をもっていた」と司馬は述べるが、このときの提案は意外なものとして受け止めた。須田が具象画を描いていた過去を知る人はすでにほとんどいなかったため、旅ものの挿画に抽象画家を選んだのが予想外に思えたのかもしれない。だが司馬は、即座に賛成した。

「以後、このひとと旅をし、やがてそれが作品になってあらわれてくるという二重の愉しみにひきずられるようにして、旅をかさねるようになった。『街道をゆく』は私にとって義務ではなくなり、そのつど須田剋太という人格と作品に出会えるということのために、山襞に入りこんだり、谷間を押しわけたり、寒村の軒のひさしの下に佇んだりする旅をつづけてきた」（以上「出離といえるような」）

会わずにいた美術記者時代から歳月を経て、会うべきときの出会いであった。絵画理論ではなく、「道元の思想」が支えた画伯のしごととの絶妙な距離感は、禅と作家との距離感を重ねれば味わいがより深まる。

「芸術は心の表現であるという素朴で初原的な姿勢を、かれは半世紀のあいだすこしも外すことなく続けてきた。その間、装飾性に韜晦せず、流行でもって渡世せず、道元によって触発された自分の精神のかがやきとその光の屈折をすこしでも表現しようとして生きてきた。このため世俗から遠すぎる杣道を歩いてきた」（「須田氏の芸術と人間」）

杣道の歩み、についていえば、こんなことも書いている。

「絵についてとても器用とはおもわれない須田剋太氏のようなひとが、もし江戸時代の武州熊谷付近の吹上の村にうまれていたとしたら、とても絵師としては遇されなかったにちがいない。……美術史の進行のなかにあって、こんにちの多様な価値に対する許容量の大きさこそ、画家須田剋太とおなじほどにおもしろいのである」（『古往今来』文庫版あとがき）

スター街道をゆくガラではなかった須田自身も「（司馬さんのおかげで・引用者註）絵が変りましたね。いろんなヒントを得たし、絵にリアル感が出てきたと思います。私にとって大変な収穫でした」（「司馬さんと旅して」）と語っている。二人がともに昭和の時代に生きてめぐりあった幸運をしみじみと感じる。

昭和五十五年、二人は越前の諸道を訪ねた。戦後間もない永平寺訪問で好感をもった司馬だが、三十一年たっても「私は、禅についての理解がとぼしい。禅の悟りというのは、道元のような百万人のひとりといった天才、もしくは強者のためのものであるかと当時も思ったり、いまも思っている」と距離は相変わらず縮まっていない。取材では永平寺を割愛しようと考えていたものの、道元にも須田画伯にも失礼であろうとやはり門をくぐることをきめた。しかし、観光地化した名所のあまりの混雑におそれをなして結局、退却してしまう。山も谷も人も清澄であったひと昔前から一変した光景に、作家の禅との距離はなお開いたかもしれない。ただし、そのことで長年の信条がひるむ画伯ではなかろう。こうして、昭和後半の永平寺の「美」は司馬と画伯によって描かれることなく終わった。なるようになったということである。

変わらない修二会

昭和五十九年の「奈良散歩」では、東大寺を訪ね、千二百年つづく伝統行事「修二会（しゅにえ）」について紙幅を割いて考察をめぐらせている。さかのぼること三十四年、宗教記者時代の昭和二十五年に司馬は記者クラブの仲間と東大寺を訪れたことがある。写真家の入江泰吉のもとに滞在し、修二会を見た翌朝の回想を記している。

最年長の同行者Rが「ぼうずはつまらんなあ。千年以上もおなじことをしていて」と言ったのを聞いて、内心でおどろいた。Rは「善良で無私なひと」であり、当時の新しい絵画運動の支持者で、記者の域を超えて若い抽象画家たちを応援していた。「つい先刻まで夜を徹して見てきた二月堂の行法が、いかにもおろかしくおもえたのにちがいない。修二会は、千年以上ものあいだ、一年も休むことなく、しかも前例と違うこともなく、平板印刷機のように動作がくりかえされてきている。それも、澱みの水のようにとりすました動作でなく、この行法には気迫と、鑽仰への熱気が必要なのである。それが、百年一日どころか、その十倍の歳月のあいだ、つづけられている」。

司馬はRに、「しかたがないよ」「かれらは、やっているんだから」と応じた。

そう、修二会は応仁の乱のときも、戦国乱世のときも、明治の廃仏毀釈のときも、どういう変動期にも、やむことなく続けられた。

年長のRは「やってきた、というのは意味がないんだ。いまから何をやるかだ」と言った。しかし、福田記者は思った。「様変ることが常の世の中にあって、千年以上も変ることがないということが一つでもあったほうが――むしろそういうものがなければ――この世に重心というものがなくなり、ひとびとはわけもなく不安になるのではあるまいか」と。

そして、海や山と同じようなものだと言うと、先輩記者は笑った。

「私はべつに保守的な感情でいっているつもりではなかった。人間が海や山を見たいと思うのは、不動なものに接して安心をえたいからではないか。自然だけでなく、人事においても修二会のような不動の事象が継続していることは、山河と同様、この世には移ろわぬものがあるという安堵感を年ごとにたしかめるに相違ない」

ここで、司馬は美術記者であったときの苦い経験を思い出したように、書くのである。「様式(スタイル)の新奇さだけを追うことが、何になるのだろう」と言いたかったが、遠慮してだまっていた、と。

そのあと、修二会の起源についてさまざまな考察が展開する。そもそもは良弁(ろうべん)の弟子である実忠の私的な行事だったのでは、と推測し、聖衆に劣る人間でも「誠」をつくして仏への罪の懺悔を行なえば観音も現れてくださる、という実忠の行事への信念を想像する。

また、東大寺の僧の顔つきがいい理由として、天平以来の伝統が生きているためで、そのしんは修二会を千数百年くりかえしているところにある、と考える。この「文化」という不合理でしかないものは、不断にくりかえすことで、他にはない光を発することがある。頑固にまもられた不合理こそが、原酒のように人を酔わせる。その精神の酔いが、人に時空を超えさせる――と、三十年前には頭になかった気づきを、このとき得たらしい。そのかん、二月堂も参籠所も、細殿(ほそどの)も……東大寺自身はなにも変わっていない、そんなふうに司馬の眼には映った。

「変わらない」ことの価値、司馬流にいえば、時間がユーモアになってしまうほどのおそろしさへの驚き。紀行は「たしかに、東大寺には、兜率天がある」で締めくくられる。兜率天では一昼夜が人間世界の四百年にあたるのである。

「形なきもの」への畏れ

記者であったころの井上靖は、なぜか修二会に縁がなかったという。十年選手の昭和二十二年になって初めて、仕事とは関係なく行事を見に出かけた。もっとも敗戦の余波が続き、狭い紙面にお水取りを特集する余裕はなかったが、何となく、日本の古いものを見ておきたい気持ちになったのだという。次に新聞社を辞め、東京に移ってから昭和二十七年に再訪している。連載している小説にお水取りの夜の奈良を描くことが目的であった。井上の二度の訪問のあいだに福田記者が訪れており、二人はほぼ同時代の修二会を見たことになろう。

修二会をまのあたりにして、井上は「自分が歴史の中に身を置いているという思い」（「お水取り・讃」）を抱いた。目の前で営まれている火の祭りが、千二百年にわたって欠かされることなく行なわれてきたことに、感動とともに厳かな敬意がわきあがってきたのだ。

気の遠くなるような積み重ねは、有無を言わさない。烈しい五体打ちの音のなかに「何ものをも寄せつけぬ千二百年前の日本が入っている」、それを「大ドラマ」とたとえた井上は「古代の、今は想像することも難しいおおらかな心が、そのままの形で、この修二会の中に仕舞われていることだけは間違いない」とむすぶ。畏れすら感じているふうだ。

修二会という「行ない」は、それ自体は絶対的価値をもたない「形なきもの」であって、しかも不合理である。それが気の遠くなる年月、くりかえされてきた。考えようによっては徒労かもしれない。ならば、徒労がなぜ千二百年続いてきたのか。人を魅了し、日常の枠を超えさせるからである。その場限りで消えていく、くりかえされる営みそのものに、かけがえのない光がある。それは逆転的に〝永遠〟を獲得しているともいえよう。

形がないものこそ亡びない――。井上が「歴史の中に身を置いている」と感じたのも、くりかえされてきた行ないのなかで、心身が時空を超えてしまったからだ。そこでは、報われる、報われないは問題の外となる。生産性とは対極の精神の領域。ただ続けること自体が価値なのである——。それはむしろ禅と通じるところがあるかもしれない。只管打坐(しかんたざ)、何も生み出さず、目的ももたず、修証一如、ただ坐ることが悟りとなる世界。

二人はともに伝統の重み、変わらぬものが続いてゆくことに意味を見出した。司馬はそこに山河のような安堵と人の生み出す光をみとめ、井上は徒労にみえる形なき行ないが永遠を得ることを感じた。人間のナマな感動は、知識も理論も効率も超えたところにしかない——そんなことを二人は考えさせてくれる。

三　仏塔と書のことなど

仏教にからめて、いくつかふれておきたいことがある。一つは塔についてである。

もともと芸術を意図して建てられたわけではないにもかかわらず、古来、美しさで人を魅了してきた仏塔は数多い。そのような「塔」と二人はどう向き合ったのか。

仏塔の起源

仏塔とはそもそもどのように生まれたのだろうか。釈迦が火葬されたあと、信者らはその遺骨すなわち仏舎利を、当初インドでは半球状の墳墓を造って納め、礼拝の対象とした。いわゆる「塔婆（ストゥーパ）」で、私たちがもつ「塔」のイメージには遠い、こんもりとした山のようなかたちをしている。時代がくだると天に向かってのびてゆき、現在の塔らしい姿に近づいていった。やがて中国に伝わると、楼閣建築と結びついて、木造や塼（せん）（磚（せん）とも。焼成したレンガ）造の、何層も積み重なった塔があらわれる。伽藍の中心に据えられると、バランスも考えて装飾性が増していったという。さらに日本に伝わると、三重や五重の木造塔がつくられるようになった。三重塔は大日如来の三昧耶形（さんまやぎょう）（一切衆生を救済するためにおこした誓願を象徴するもの）を、五重塔は地水火風空を象徴するそうである。

日本の最古の塔は六世紀末の建造といわれるが、今はなく、七世紀末から八世紀初頭につくられた法隆寺の五重塔が現存最古とされる。幾度かの修復を経て今もなお美しい。

日本の塔の独自性

井上靖は外国旅行から帰ると、ひと月ほどおいて、たいてい奈良か京都に出掛けたという。異国での時空間がゆりかえすのか、「日本の古いものを見たくなるからである」。そして木造の塔を見たときに「ああ、これこそ日本だ」という思いに打たれた。なぜなら、技術も様式も中国や韓国から入ってきたものなのに、「それがすっかり日本の独特の美意識で洗われ、日本の風土に合うものとして、今日に遺る幾つかの木造塔に結晶してしまっている」からだ。いわゆる堂塔伽藍といった、日本化がもっともはっきりと目立つのが塔であり、「どこの国の塔にも、日本の塔に見るような繊細さは見出すことはできない」(「日本の塔、異国の塔」)。

そんな井上が、日本に現存する木造塔の中でどれを一番美しいと思うか、と訊かれて答えるのが「法隆寺の塔」であった。そう答えるのが一番無難だからで、本音をいえば、薬師寺の塔、醍醐寺の塔、室生寺の塔……どれも捨てがたいのだ。しかし塔の美しさの感じ方には、独特の基準をもっていた。

それは後に述べるとして、法隆寺の塔について、井上と同じようなことを司馬は感じていた。ただし、美しさに感心するといったニュアンスではない。中国や朝鮮から来た技術でもって、中国にも朝鮮にもない形がつくられたことが彼にとっては問題なのである。「日本の五重塔は、たれが、どういう力学的な必要もしくは好みによってつくったか」(「奈良散歩」)。この素朴な疑問については、建築史の本を読んでも、どの著者も沈黙しているかにみえた。

「どういうひと達が、どんな思考を経て、最初に日本独自の形式である五重塔をつくったのか」

——専門家になると、ふつうの好奇心がうしなわれてしまうのだろうか。

やむなく研究書を見放し、司馬は現存する塔のなかでもっともすばらしいと思う薬師寺の西塔を再建した宮大工、西岡常一(つねかず)氏の言葉に耳を傾ける。

父祖三代にわたって堂塔の修復にあたってきた宮大工は、「薬師寺を建てた指導者は朝鮮半島経由ではなく、むしろ大陸（唐・引用者註）から直接来たか、または大陸で勉強して帰った技術者ではないかしらん」「法隆寺のほうは朝鮮を通った百済系の指導者やないか」と、現場で見た実感を書物のなかで語っていた。

朝鮮から来た工人が、法隆寺以前に飛鳥寺を建立し、そのとき手伝った土着の日本人が結果的に技術を根づかせたとのこと。なるほど、渡来工人の門人になった人びとが、次になにかをつくるとき、生まれ育った日本的な感覚が作用しないことはないであろう。そのような積み重ねが日本式を生み出していったということか。それが綿々と続いてはぐくまれた日本的感性に、海外帰りの井上靖が故国を実感するのもうなずける。

司馬は疑問がとけたと納得したようには書かないが、「日本巨大建築事始」ともいえる「この草創のときから、なまな朝鮮・中国にならなかったというのである」とむすんでいる。

興福寺の塔のおもおもしさ

さらに興福寺五重塔について、司馬がある史実と自論を語っていて面白い。

今ある塔は創建当時のものではなく、室町時代に復古再建されたものである。遠望すれば奈良風景に欠かせぬアクセントになる、といいながらも、「造形的には、奈良にのこるさまざまな古塔にくらべて、優美さの点でやや欠ける。たとえば天に舞いたつ力学的な華やぎ、あるいは軽快さという点で劣り、無用におもおもしすぎる」と美的評価は高くない。

この塔は、歴史の荒波をくぐってきた。明治初年にはじまった廃仏毀釈で、二十五円という安値で売りに出され、買主の商人はなんと、薪にしようとしたらしい。ところが壊すのに大変な労力がいるとわかり、金目の金具だけを剝ぎとろうとした。その作業でさえ人夫への支払いが膨大と知ると、ついに焼いてしまおうと考えた。「焼けおちたあと、金具を拾えばいい」と。しかし付近の町家が「火の粉がどこへ飛ぶかわからない」と抗議したため、とうとう商人は買うのを諦めた。そうこうするうちに政府は行き過ぎた政策を改め、明治二十二年には興福寺をふくむ奈良公園が整備された。塔は生きのこった。

司馬はしみじみと書く。そういういきさつを思えば、「われわれが、芝生と松林の静まりのなかで、かつて二十五円で売りに出された国宝興福寺五重塔の下をすぎてゆく幸福を得るようになるのは、明治政府が正気をとりもどしたおかげである」。「たかが飲み屋にゆく道行(みちゆき)の途中が、これほど贅沢な景観であるというのは、何に感謝していいのだろう。やはり、奈良にある多くのすぐれた建造物を千数百年にわたって守りぬいてきてくれたこのまちの精神というものに敬意をささげるべきではないか」。なるほど、そのような経緯を知れば、姿形がどうこうだけでなく、塔が長くそこにあり続けていること自体に価値があり、風貌さえ異なってみえてくるというもの。が、それだけで終わらない。

司馬は夜にもう一度、「商工会議所のそばの質素な酒場にゆく」ために、塔の下の道を横切りたいと思い、仲間とともにながながと歩いた。

「やがて、五重塔の軒下にさしかかったとき、ことさらに立ちどまらずに歩いた。塔をつよく意識しながらも、一見無視してゆくということの贅沢さを味わいたかった」

ところが通りすぎたとき、誰かが「惜しいな」と言って塔のシルエットを振り返った。塔の構造が上へゆくほど小さくちぢめてゆくものであったなら、はるかに天をめざす鋭さが出るだろう、というのだ。法隆寺五重塔や薬師寺東塔などはそのような工夫がなされているが、興福寺五重塔は各層がほぼ同じであるうえ、最上層の五重めの屋根も、勾配がずっしりと深すぎるのだという。その点では宮大工の腕の優劣を司馬も認めざるをえない。

しかし、という。「私は、この塔の重すぎる感じも、すてがたいと思っている」。なぜなら、「猿沢池をへだて、水を近景として、むこうの台地を見たとき、ずっしりとまわりをおさえこんでいるのは、この塔」であり、「薬師寺東塔の瀟洒（しょうしゃ）な、天女が奏（かな）でるような形がそこにあっても、大観の抑えがききにくい」から。

「この塔でいいんだ」——司馬はふりかえって、塔の精霊のためにそういった。

人を相手に情を込めているかのようだ。一連の心にくい景観論は、やはり長い詩のようでもある。夜の奈良公園にぼそりとこぼたれた言葉が、歴史や空間を大きく包み込み、塔が満足げに微笑するのが想像された。

そこに立っているしかない塔は、背後の歴史や風景とともに歳月を積み重ねてきた。単体のみで考えるわけにゆかない、すべてを背負ったうえでの美しさなのである。

ひっくり返したくなる多武峰十三重塔

桜井市にある多武峰（とうのみね）の山上、談山（たんざん）神社の十三重塔にも、司馬の足と筆は及んでいる。七世紀後半

奈良・談山神社　十三重塔
重要文化財　飛鳥時代（室町時代再建）

に藤原鎌足の霊を祀るため、息子の定慧が建てた。高さ十六・一メートル。南北朝時代の戦火などで現在の塔は室町時代末期に再建されたものというが、「朱塗・檜皮葺の色調といい、十三重のつりあいのうつくしさといい、破調がほしくなるほどの典雅さ」とほめる。

かつて司馬が記者時代に担当した連載「美の脇役」で、この塔を「脇役」として前川佐美雄氏に書いてもらったことがある。歌人はそのなかで、旧知の六条篤という、多武峰で生まれて三十八歳で夭逝した洋画家を登場させた。六条氏は三十一文字にこだわらない非定型の歌人でもあった。前川氏が「ある時、絵の方はともかく、歌は三十一文字がよいと言ったら、あの十三重の塔のようですが（司馬註・十三重塔の調和のよさを比喩しているのだろう）、あれを朝夕見ているとひっくり返したくなるのですよ、と笑って答えた」。美しすぎる塔に罪はないが、前川氏は「年がら年中朝夕これを見ていたのでは六条君ならずとも私だってひっくり返したくなるかもしれない。それほど均整がとれている。美しすぎるくらい美しい」と続ける。

しかし、よく見ると、細部はアンバランスで奇抜な構造を有しているという。たとえば初層の屋根がやたら大きく広い、これは上に十二層をのせるためらしい。また屋根の勾配ははなはだゆるく、各層の間隔はきわめて狭い、まるでお祝いの大杯を積み重ねたように。前川氏は「あるいは見方によっては……流行婦人帽みたいでもある」と奇抜なたとえをもちだす。しかし、奇抜さを集めても全体としては奇抜な印象を与えず、塔はあたりまえとも思われるほど調和しているとも述べる。そんなところが、かえって歌人をむずがゆくさせるのか。前川氏はあるいは、三十一文字の歌の本質をそこに重ねているのかもしれない。実際はひっくり返す必要はまったくないのだ……と。

生前の六条篤を知らなかった司馬は、遺作展のカタログを取り寄せてみた。あかるい色彩やデッサンの確かさにおどろかされた。写真を見ると、夢を見ているように秀麗な容貌をしている。「絵と詩歌にいたっては、夭折者らしく永遠の青春を感じさせる」と、どことなくかなしみをもよおしたふうである。多武峰の旅に同行していた須田画伯は、同じ洋画家で六条氏より一つ上にあたる。「わっちは、チャッカリしているから」、だから夭折せずに済んだ、と言った。画伯は塔をひっくり返したくは、ならなかったのではないか。ただ目の前にそびえる十三重塔の本質を一気につかみ出す欲求は胸をつきあげたとしても——そんな気がした。

井上靖と異国の塔

「ずいぶん度々、唐代の都長安を小説の舞台にしていたので、実際にその地に立ってみたかった」（「日本の塔、異国の塔」）。願いがかなって昭和三十八年秋、井上靖は中国の西安で唐代に賑わいをきわめた大慈恩寺界隈を訪れた。しかし、すでに付近に長安の昔を伝えるものは何もなかった。見たかったものの一つ、三蔵法師玄奘がインドから持ち帰った経典の翻訳をした大雁塔も、日本の塔を見慣れた眼には、「塔というより巨大な楼閣」のように感じられた。「美しいとか美しくないとかいうことを越えて、傲然たる意志を持った建物であった」。期待とは異なったようだが、〃一塔山巋然としてなお存す〃といったものが太々しいたたずまいのなかに感じられたともいう。

「塔上からの眺望は大きかった。渭水は遥か遠くに帯のように見え、その向うにどこまでも涯しなく大平原が拡がっていて、白い雲が湧いている」

中国には木塔や石塔もあるが、この遥かな風土の中に長く生き永らえるものとなると、大雁塔のようなものでなくてはならない、と理解したらしい。

「日本の風土の中に置いたら甚だ不釣合であるが、反対に日本の塔を中国の風土の中に置いたらもっと奇妙なものになるであろう」

国柄や風土にふさわしい塔の姿かたち、たたずまいを感じとったのであった。

その半年前、井上は元寇を題材にした『風濤』の取材で韓国を訪れ、慶州の仏国寺で釈迦塔と多宝塔を見ている。新羅時代の遺構で東洋石造建築物でも屈指の傑作とされる塔だ。かねがね一度その前に立ってみたかったため、取材とは関係なくわざわざ足を延ばしたという。折しも桜が満開で、「塔の一つ一つも美しいし、その二つが全く対照的な異った形をとっている点も、幾何学的とでも言いたいその配られ方もそれぞれにみな美しいと思った」と満足のようすがうかがえる。簡素な方形五層の釈迦塔、複雑な積木細工のような多宝塔といった各々の個性にも筆はおよぶが、何よりも美の鍵は、二つの塔が対になっている点だと感じた。「それぞれに全く異った形の美しいものが、それぞれを最も美しく見せるように、数学で計算されたように美しく配置されている」ために、

「一つが欠けていたら、印象はまるで違ったものになっていた」。ものごとの関係性への敏感さを感じさせる指摘である。塔の美は、それ自身以外の条件に大きく左右される。井上の記憶に仏国寺の塔は、満開の桜とともにある二つの塔として刻まれたはずだ。

塔の美は記憶とともに

井上は中国や韓国にとどまらず、ウズベキスタンのサマルカンドでは回教寺院の青い塔など、さまざまな外国の塔を見、それぞれの美しさに魅せられてきた。するとなおのこと、帰国して日本の塔のよさをあらためて感じた。

新聞記者時代に一時期うつつをぬかした室生寺の小さな塔や、先に挙げた薬師寺、醍醐寺、当麻寺、海住山寺、興福寺、浄瑠璃寺……いずれの塔も美しいと感じる。が、その感じ方は、「美しいと言うより、それをどの塔よりも美しいと思った記憶を持っている」のだという。どういうことかというと、「塔の美しさは、その前に立つ季節季節によって異なるし、その時のこちらの気分や、その時の周囲の状態によっても異る」。たとえば法輪寺の塔についていえば、電車でもくるまでも、法隆寺に近づいていくと右手の丘陵の樹立の間から最初に法起寺の塔、そして法輪寺の塔、やがて法隆寺の塔が現れてくる、という夢のような記憶を積み重ねてきたが、昭和十九年の落雷で法輪寺の塔は失われた。それとともに、夢のような記憶は二度と繰り返されない思い出となった。しかし逆に、失われたことによってかけがえのない思い出になったかもしれない。そのような記憶もまた、塔のもつさだめである。

また塔は、見る時刻や天気によっても印象は異なる。同じ時でさえ、どこから見るかによって——。醍醐寺の伽藍と少し離れて山の麓にぽつんと建つ国宝五重塔は、十世紀半ばに醍醐天皇の菩提を弔うために建てられたものである。井上は記者時代から足繁く通い、自分の立つ位置をあちこち変えて眺めてきた。そのうち、「三層の屋根のあるところに背後の山の稜線をおくのが、塔を最も美しく見せる」と気づいた。すると、時代を追って造られてきた我が国の塔が「異国のものを少しずつふっきってきて、初めてここに日本の塔としての完成を見せたのではないか」、そんなふうに思えたという。折をみて試みると、三層の屋根の左右に山の稜線がたとえば青空をバックに配されると、天に向かってのびる相輪を軸に全体が無双の美しい立ち姿となる。しかもそれだけで歴史を眺める感覚をもたらす各層を支える軒の木組みの重厚さもじゅうぶんに堪能できる。こころもち顎をあげ、感慨にふける井上靖が、かつて確かにここに立っていたのである。

京都・醍醐寺　五重塔
国宝　平安時代（著者撮影）

井上にとって「美」とは、自身の存在が不可欠であるらしい。対象との関係性が必須なのだ。仏国寺の塔を一対の、しかも満開の桜とともに自身の印象にとどめたように、本人が参加して成り立つ美、自身と結びついて初めてそれは成立するのである。

ところでその仏国寺の塔は、ほかでもない「韓国の塔」として意識された、と井上はいう。人を謙虚な思いに導いて心を揺さぶるものであったと。「韓国の古い石の塔は例外なく、恐らくそういうものを、それを観る者の心に働きかけてくる」、それが「韓国の歴史と風土の中に生み出された韓国の石の塔の独自な美しさ」であり、やはり日本の風土の中ではこうはいかないと断じる。

司馬遼太郎と異国の塔

井上より八年おくれて、司馬は『街道をゆく　韓のくに紀行』で慶州仏国寺を訪れている。韓国でも屈指の仏教建築が集まる地にきて、しかし仏国寺にはほとんど興味を示していない。ここに来れば当然、いちばんに見るべきと思っていたであろう現地の案内者にわざわざ「――朝鮮は僕にとって猫に小判です。美術オンチですから」とのたまった。

「少年のころ大和で育って法隆寺にも薬師寺にもなにやら無感動のままになってしまったし（これは建築美的な関心のことを言っているらしい・引用者註）、二十代のころは新聞記者として因果にも京都でお寺をうけもたされ、毎日お寺の門をくぐってはお坊さんの顔を見ていた。その後は滑稽にも美術評を書かされるという数年を送ったため、もはやそんなばかばかしい拘束もなくなったこんにち、いまさらお寺の建物を前にしてガラにもない感嘆の声を放ったところでしかたがない」

井上靖にあまり読ませたくない文章という気もするが、もちろん司馬は彼なりの興味、つまり人間とその歴史が絡んだ角度からの関心をもたなかったはずはない。「節穴ですから」と自分の両眼を指してユーモアをまじえつつ、名所旧跡は遠慮したいという気持ちを案内者に伝えている。

そのあと扶余に移り、唯一遺されている百済時代の構造物として「百済塔」を見ている。巨大な石造五重塔は、百済滅亡から千三百年を経て、平地の中央に風雨にさらされていた。おどろいたのは、破壊を免れた一因である碑文に、唐の大将軍蘇定方の「おれが百済をほろぼした」との言葉が刻まれていたことだった。なんと唐の戦勝記念碑になっているのだ。そのためこの塔はふつう「平済塔」と呼ばれているという。唐が百済を平らげた記念、というのである。自国が征服された記念の塔を千数百年も大事に保存してきたとは。「朝鮮人の人の好さを示す証拠かもしれない」と書きながら、司馬は、千数百年のあいだに一人でも塔を破壊するなり碑文を欠き落としてしまう乱暴者が出てもよさそうなものなのに、それがなかった、「その後の朝鮮史における中国の重味と中国への遠慮を物語る機微といえるかもしれない。朝鮮という、この地理条件のなかで国を保つということは、この塔ひとつをみてもわかるように、それ自体がつねに苛烈で悲痛なのである」と感慨を深める。こういった事情が、井上が韓国の塔に感じた、謙虚な思いに導いて心を揺さぶる美に通ずるのであろう。

司馬はさらに一九八四年、中国泉州を訪れ、開元寺の双塔のうち西塔四層に彫られたサルのレリーフについて愉快な逸話を紹介している（『街道をゆく　中国・閩のみち』）。『西遊記』研究で知られる中野美代子氏の発見を糸口に、サルのイメージに関する東西文化交流史としてたいへん興味深い話だが、塔そのものには筆は及ばない。なにせ高所なだけに、重要な史料が彫られていても、後世の眼がそこに辿り着くのは困難なのだ。偶然による要素も大きいだろう。異国の人が発見したことについて地元で知る人はほとんどいなかったというから、世界で知られざる塔にまつわる逸話は、まだまだ発掘を待っているかもしれない。

書について

ふれておきたいもう一つは、「書」についてである。

今や筆はもちろん、鉛筆でもペンでも、まとまった手書きの字を書くことはおろか、見ることさえ少なくなった。かつては誰もが手で文字を書いていた。絵を描けるとはいえない私でも、字は書ける。しかし書かれた文字がそれ自体の意味をこえて人の心を動かす、芸術として、あるいはそれ以上の価値をもつとはいったいどういうことか。

井上靖は、たとえば『孔子』のカバー題字がそうであるように、形も太さもお手本なみに整った楷書の文字を書いた。原稿用紙を埋めた字も、升目に行儀よく並んで優等生ふうである。かたや司馬遼太郎は、筆では太い部分と細い部分が柔軟なリズムをもち、生きもののような文字が自在におどる。原稿用紙では小さめの角張らない文字がつらつらと流れる感じである。二人は「書」にどんなふうに向き合ったのだろう。

顔真卿の運命と精神

井上は昭和三十八年、中国の旅で西安の「碑林」を訪問し、顔真卿（がんしんけい）（七〇九―七八五）の書でその家系が彫られた《顔氏家廟碑》に、「これまでの考え方を根本的に改めなければならぬ」（「顔真卿の「顔氏家廟碑」」）ほど心を動かされた。

碑林には唐宋以後の石碑が二千三百余基ずらりと陳列されており、初めて訪れた井上は「文字通

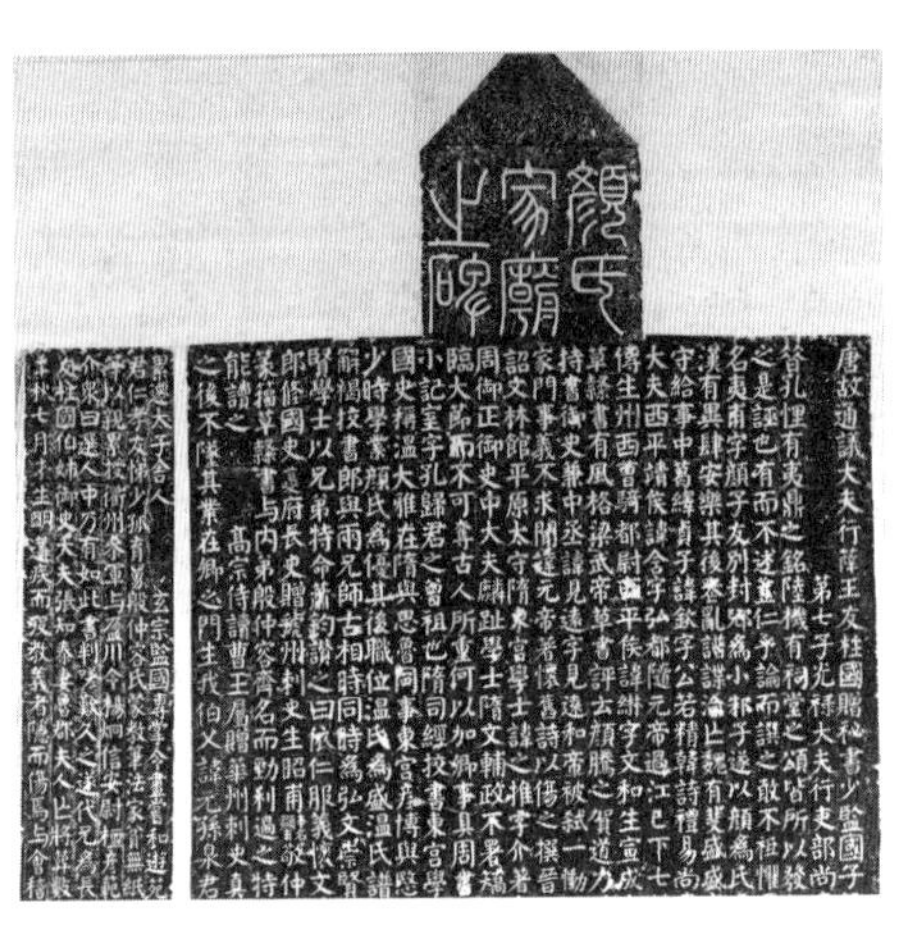

顔真卿筆《顔氏家廟碑》
唐時代・建中元年（780）　東京国立博物館蔵
国立文化財機構所蔵品統合検索システム
（https://colbase.nich.go.jp/collection_items/tnm/TB-366?locale=ja）より

り碑の林」とやや気圧されたようだ。しかし感心するというより、採光の悪い部屋にたちこめる空気は「冷たく異様」で、何面も並ぶ大きな石碑の「一つ一つが他とは無関係に己れを主張しているかのような奇妙な印象」を与え、「一堂に集めるべきでないものを集めてしまったといった、そんな不気味さと恐ろしさがあった」。どうも穏やかではない。

ここで井上は、ふつうの美術作品との違いに思い至る。ルーヴルでもプラドでもウフィツィでも美術館に並ぶ絵は、それぞれ自己主張はしているものの「それほどきびしく他を拒否してはいない」、それに対して碑林に並ぶ各々の碑は、他の碑を否定するほどの何かを感じさせたのである。

「そこに置かれてある何面かの碑は、厳として他を許さぬ何個かの精神であり、人格であった」なかで唐の忠臣であり、日本にも影響を与えた書家として名高い顔真卿の《顔氏家廟碑》と鮮烈な出会いをしてしまった。

「書とそれを書いた人との関係は、美術における作品と作者の関係に較べると、一層直接的である」とする井上のみるところ、顔真卿の書は「古武士的な精神のたたずまいの立派さ」で「妥協も、阿諛も、ごまかしも、甘えも、いっさいのそうしたものの通用しない精神」、「強固な意志、信念、誇り、悠揚迫らざるもの」が一貫している。すると、「顔真卿なる人は、書というものをそのようなものとして考え、そのようなものとして筆をとり、まさにそのようなものとしての書を生み出した」ことになる。彼が書道史上に占める位置は、書に対するそうした考え方の確立者としての重さと大きさであり、「書を人と不離一体のものにしたこと」である。「顔真卿の書は、顔真卿という一個の非凡な人格の表出であり、それ以外の何ものでもない」と明快このうえない。彼は書の理論の確立者かつ実践者なのだ。

　ではそのようになるには、顔真卿はどんな生涯を送ったのか。学者が輩出する名家に生まれ、文官として仕官したが、平原太守のとき、安史の乱の平定に尽力して頭角を現す。しかし、功績を喜んだ玄宗皇帝のそれまでの記憶にまったく残っていないほど、「いかなる自己表現も、顔真卿とはもともと無縁であった」。ここに井上は着目する。ようするに書なりの才能で顔真卿が若くして注目を集めていた、といったことは一切なかったのである。

　その後、また未曾有の混乱に陥った唐朝は、安禄山が非業の死を遂げると復興したりと混乱が続くが、剛直な性格であったらしい顔真卿は、一連の動乱においても一貫して河北を動かなかった。「節を曲げず、あくまで正しきを正しきとし、誤れるを誤れるとして生きた」。最後まで平原城に残り、ついに城を棄てざるをえなくなって後、四十九歳で憲部尚書兼御史大夫となるが、やがて李希烈が反乱を起こしたときに捕えられて監禁後に殺された。

貞元元年（七八五）のこと、ある日戦線にある李希烈のもとから使者が派せられて来た。「資治通鑑」の記述によると、

「勅あり」

と、使者は言った。顔真卿は恭しく頭を下げた。

「いま卿に死を賜う」

再び使者の声が聞えてきた。

「老臣、無状にして、罪は死に当る」

顔真卿は自分が死を賜わったことは当然だと思ったのである。

彼の人生のクライマックスを井上はこのように再現した。そういう運命をもった人物は、「時代への怒りも、悲しみも、己が家系の清冽なたたずまいを石に刻むことによって、それによって押し鎮めようとしたのであろうか」。

最晩年、七十二歳の顔真卿が書いた家廟碑は、「一点一画をゆるがせにせず、正書で」書かれている。実物は二・五メートルほどの高さ、横幅一・七メートルの石面の表裏に、しっかりとした太い線で一文字一文字くっきりと刻まれている。画像でみるだけでも圧巻である。なにか文字の精霊が宿っていて、意志をもって話しかけてきそうな気さえする。文字通りこわいくらいだ。

「学問の家、書の家としての己が一族の誇りを、自分を取り巻くあらゆるものにぶつけるように書いて行ったに違いない。そうしたこの書への姿勢が、彼の書体を、それまでの書とも、それから

あとの書とも少し異ったものに、しかし、そのいずれよりも顔真卿らしいものにしたのである。美しさを押え、鋭さを押え、おおらかさも押え、力強さも押え、ひと息、ひと息、その息づかいが聞えて来るような、ひたすら誠実であることを心掛けて書いた」

井上らしい想像なのだが、説得力は十分だ。儒学者であると同時に神仙や道教や仏教にも学んで培った譲れぬ思想や信念が、時代のままならなさとあいまって、己が家系の誇りを永遠に刻もうとしたときにのみ発揮された書体、まさにそういう気がしてくる。

「これを刻まずにはいられなかったその特殊な時期の特殊な心境と無関係に、その立派さを理解することはできぬ」

荘重篤実であることだけが人間の立派さであるという考え方に到達していたであろう顔真卿は、自身がそのような人間になっており、当然そうした書体の文字を心掛けたという——あるいは晩年に向かって井上自身がそう歩んだのかもしれない。後年、顔真卿の拓本を手本にペン字を書いていたという作家の一字一句ゆるがせにしない筆跡とともに、そんな思いがよぎった。

顔真卿の書は、時代によって否定的な批評を浴びているという。しかし、それによって少しもその書が傷つくことはなく、「否定的批評をさえ己が名声を支える道具にしているようなところがある」という井上の見方も、ある考えを促す。「傑作が生き遺るということは、おそらくこのように否定、肯定の中を通って、なお生きたということであろう」、この一文は自身も含めた文学作品を、そしてすべての芸術を語ってはいないだろうか。

書と人の直接的で可変的な関係、背後をなす時代——井上の叙述は書の内外へと考えを導く。書いた人物と折々の背景と稀な精神が離れ難く結びついて唯一の光をはなつ書に限って、書を超えて作用する——顔真卿と対峙して井上はそうさとったのかもしれない。

空海と〝応変〟の書

顔真卿が没して十九年後に唐に入ったのが空海（七七四—八三五）である。現地で流行する「顔法」の書を、目にしただけではなく身に着けたのではないか、そう司馬は推測する（『空海の風景』）。

嵯峨天皇、橘逸勢（たちばなのはやなり）とともに平安時代の「三筆」といわれる空海の書は、芸術的にも高く評価されてきた。とくに最澄に宛てた手紙「風信帖」は名品とされる。しかし空海はいわゆる能書家にとどまらない。「絢爛としかいいようのないその書芸」は、変幻自在である。「篆、隷、楷、行、草、飛白とすべての書体に自在であったという点だけでも、日本においては古今に比類がない」。飛白体は空海の特徴の一つといわれるが、後漢時代にはじまる刷毛（はけ）によるかすれ書きで、波打ち飛翔するような装飾性があり、「風信帖」ともまったく異なる雰囲気をもつ。また、高雄山寺で灌頂をさずけた人を記したざっくばらんな「灌頂記」、しっかりとした硬い書体の「聾瞽指帰（ろうこしいき）」、流れるような草書で書かれた「崔子玉座右銘」など、同一人物の書とは私などには信じがたい。空海はなぜこれほど多彩な字を書いたのか。

「空海の実像を探究するについては、司馬さんはその書から精神を読み取ろうと食い入るように眺めたであろう」とかつての担当編集者、和田宏氏は述べている（「週刊朝日ＭＯＯＫ　週刊司馬遼太郎9」）。考えればどんな史料よりも、真跡は空海その人をナマに伝えてくれるものではないか。司馬は空海の書をどう見たのだろう。

日本では奈良時代、唐で崇められた書聖・王羲之流が規範とされていた。漢民族の正統的な書法であるために日本でも尊ばれたきらいがある。その書風は「典雅で巧緻ながらも微妙な変化があり、さらには端正で明朗ながらもほどよい陰翳をもつ」、「書として完璧といっていい」ものであった。かたや顔真卿は、楷書に特徴があり、「その雄勁な造形については、「点は墜ちてくる石のごとく、画は夏の雲のごとく、鉤は屈金のごとく、戈は発弩のごとく」という古来の評がいかにもよくその書風を形容する」もので――井上が心動かされた廟碑を思い出す――姿態の美しさを追う洗練された南朝風の王羲之流に反撥して、対蹠的でいかめしい北魏風ともいえる書風をひらいた、と司馬は推察する。

空海筆《弘法大師筆尺牘三通（風信帖）》部分
国宝　平安時代　京都・東寺蔵

空海は十八歳で官吏養成の最高機関「大学寮」に入ったが、儒教を中心とした処世的な学風に飽き足らず二十歳ごろ中退、そのあと数年間の行動はよくわからないものの、自身「阿波国の大滝岳にのぼったり、土佐の室戸崎で権念したりした」と『三教指帰』で語っている。室戸崎の断崖にある洞窟で瞑想中、明けの明星が口から体内に入り宇宙と一体になる経験をした、というよく知られた逸話の真偽はともかく、この時期、なにごとかが触媒になって、空海の精神に大きな化学変化がおこった、と司馬は想像している。

三十一歳で正規の僧となり、留学生として遣唐使船に乗り入唐を果たす。長安の青竜寺で恵果から密教の教えを授かり、三十三歳のとき帰国した。長安滞在は一年数カ月と短い期間であったが、幼い頃から古人の文字を臨書していた空海は、王羲之や顔真卿をはじめ、さまざまな書を目にするだけでなく、能書家との面会も果たしている。

帰朝した空海に目をつけたのが、ことのほか詩書を好む若き嵯峨天皇で、空海に幾種類もの筆写を依頼してきた。論じるにも行なうにも「何事につけても体系をもっている」空海は、書における筆の重要さを説き、文字によって筆を変えねばならぬとして自らも筆を作った。狸毛の筆を日本に初めて導入したのも彼で、司馬はそのこわい毛は顔真卿のような書風に合っていたのでは、と想像する。そのうえで、わざわざ狸毛の筆を嵯峨天皇に献上したのは、「書は必ずしも王羲之のみではありますまい」と言いたかったためではないかと穿っている。空海は日本で密教を広めるために、これまでの精神文化を改変して新たな時代が到来した気分を盛り上げねばならなかった。そこで書においても〝政略〟として顔真卿風を打ち出し、「時流のなにごとかを打ち破りたかった」のではないか、と。

国宝「風信帖」の書風は、人によって見方が異なるというが、司馬は王羲之風とするのが素直であろうと判断する。ただし根拠は書の分析によるのではない。受けとる側の最澄が「王羲之流のいわば端正そのものの書き手だったから」。空海は、文字によって筆を変えたように、「相手を見、また書くべき場合によって、書風を変えた」というのだ。かたや自身がおさめておくための「灌頂記」は「卒意でもって気楽に書いている」、書法はあきらかに手なれた顔法という。

生涯を通して高雅清澄な風合いを保った最澄の文字は「最澄その人というよりほかない」と司馬が語るように、空海の書も、彼の存在を体現しているはずだ。しかしその表われ方は異なると言わざるを得ない。生来の器質、自然そのものに無限の神性を見出す自身の密教と同じく、空海の書は、最澄のように常に変わらず素直で律義でありつづけることはない。まさに〝応変〟なのである。相手によって変わり、額や碑文など目的によっても変わる。見方次第では本人が不在であり、どこにも不変の空海はいない。しかし、それこそが密教者である空海のあり方にふさわしい、と司馬は考える。となると、空海の実体などありはしないのだろうか。

空海の書は「霊気を宿す」といわれる。もし、その書から一すじの霊気が立ちのぼっているとすれば、「それだけが空海の本体なのであろう」と司馬はむすんだ。無心になったとき筆が自分の肉体と化す、とは現代書家の言葉である。空海は、地上に拘束された肉体と精神が、ある行法を透過することによって超自然の世界へ昇華できるほどの魅力が仏法の秘奥に存在せねばならないと願ったという。四国の自然のなかでの「山谷跋渉（ばっしょう）の荒修行」がもたらした化学変化は、彼の精神だけでなく肉体をも確実に変えたはずである。それが書に影響をもたなかったとは考えにくい。想像にすぎないが、司馬は土着のシャーマンに憧れた空海の本質に、書の技法や精神性だけでは説明できない身体性からも近づこうとしたのではないだろうか。しかしその営みも、あるかなきかの一すじの霊気としか表わせない、とほうもない空海のつかみどころのなさにたどりついた。本人の真跡さえ、空海という巨大な謎を浮き彫りにしたのである。それは司馬のいう、宇宙のすべてを包含する「数（すう）

でいう零」であり、また〝応変〟の書とは、すべてそれだけで成り立つ実体はなく関係性（縁起）によって存在するという、仏教思想の「空（くう）」の空海における発見だったとも思われるのである。

おわりに——回り道の恩寵

井上靖がレオナルド・ダ・ヴィンチの《受胎告知》を綴った詩がある。

受胎告知

ルネッサンス期の夥しい数の受胎告知の絵の中で、ウフィッツィ美術館で見たダ・ビンチの受胎告知が私は好きだ。戦捷を告げるために到来した軍使のように凜々しく天使は跪ずき、父親の訃報に接した少女のように眉をあげてマリアは悲しみに耐えている。二人がいかなる会話を交しているか知るべくもないが、恐らく触れずして身籠る人類極北の劇は、軍鼓と挽歌の聞える舞台に於てしか演じられぬものなのだ。凱歌は葬送の調べで歌われ、悲しみは勝鬨の中から拡がって来る。たとえば壮大な落日のようなものを、ダ・ビンチは描いたのだ。

想像がうみだす豊かさが詩を満たしている。大天使ガブリエルにキリストの懐妊を告げられる聖マリアというよく知られた画題を、まだ二十歳を過ぎたばかりのダ・ヴィンチが遠近法を駆使して

レオナルド・ダ・ヴィンチ《受胎告知》
1472〜75年頃　ウフィツィ美術館蔵

細密に描いた実質的なデビュー作だとか、そんな説明はここでは無用であろう。司馬が対象を「好きだ」とたびたび書くことにはふれてきたが、井上がここにきてお株を奪っているかのようだ。ほかにも、「青春の絵では二十二歳の青木繁が描いた「海の幸」が好きだ」とはじまる詩「二つの絵」では、自分は「青春への悔恨と、老いへの絶望の中に眠ろうとする」が、いささかもじめじめしていない、そして「潮の匂いと、梅の匂いの中に私は眠る」とつづる。「二つの絵」のもう一つは、鉄斎の《梅華書屋図》だ。井上は己の事情や感情を重ね合わせながら美に近づいてゆく。手法はシンプルともいえるけれど、想像力と感性は平凡ではない。対象との一期一会が詩や小説に結晶するとき、そこには井上自身が不可欠である。

司馬が書いた詩を私は知らない。しかし、文章に詩を感じることはしばしばだ。晩年、小学六年の国語教科書に書き下ろした「21世紀に生きる君たちへ」は、子どもたちに語りかける長い詩にも見える。司馬という人は、いかにも詩らしいかたちをとることに気恥ずかしさのようなものを感じたのではないか。井上におとらぬ詩心をもった、彼は詩を書かなかった詩人だと思う。

須田画伯を語る文章(「須田剋太氏の芸術と人間」)では、「私はゴッホを好み、八大山人を好み、さらにはわが友では、須田剋太を好む」と冒頭で述べている。三人に共通するのは、「地の霊が人に化したかと思われるようなおそるべき魂をもちながら、その生き方はかぼそく、人に優しく、腫れあがった皮膚のように風にさえ傷みやすい」ことだという。にもかかわらず、描くにあたっては「造形を創るという匠気をいっさいわすれ、地と天の中に両手を突き入れて霊そのものの躍動をつかみあげることにのみ夢中になる」人たちである。しかし鬼面人を驚かすようなことはしない。その逆である。「花や野の樹々といったおだやかな生命を見つめ、そのなかに天地を動かすような何事かを見究めつくそうとする」。そういう絵描きを司馬は好み、自身もそのような表現者であろうとしたのかもしれない。

松本清張が昭和四十六年、自身を引き合いに司馬について述べた言葉が興味深い。

「彼とぼくとの根本的なちがいは、彼はやはり歴史上の人物を素材として書いているわけね。だから、人物が司馬遼太郎のものになっている」(「文藝春秋」臨時増刊『日本の作家一〇〇人』)

歴史上に限らず人間を書くときの、それは司馬の性といえるかもしれない。昭和三十五年、直木賞受賞後の「週刊文春」のインタビューでこう話している。

「結局、人生は自分の心の中にある美意識の完成だと思います」

『竜馬がゆく』の人間像の造形について、半藤一利氏が「司馬さんはその美学によって、事実の取捨選択を上手にするのです」(『清張さんと司馬さん』)と指摘しているが、集めた事実や観察から自身の美学(ここでは美意識とほぼ同じ意味合いと考えられる。いわば生きるうえでの哲学といえようか。自分が心から信じられるもの、譲れないものごとを譲らない、許せないことを許さない姿勢であり、その人にしかない価値観や価値基準というように私は解釈している。司馬の場合、自身のことを事々しく述べたてることを嫌う感覚などもその一つ。彼は「自分の心の中にある美意識」に非常に敏感な人であったと思う）にかなう取捨選択は自ずとなされ、人物が造形されてゆく。そして「司馬遼太郎の人物」がうまれる。それがもし自己主張や技術の誇示になれば読み手を疲れさせてしまう。そうならなかったのは、対象への畏敬と愛がつねに真摯にはたらいたからではなかろうか。井上靖に対してももちろん例外ではない。

＊

須田国太郎の没後五十年の回顧展に足を運んだときの記憶に戻る。たとえば、この展覧会を新聞記事として書かねばならないとしたら——。

まずデータを頭に入れる。画家の生きた時代、生涯の仕事、これまでの評価の変遷。さらに現代の世界と芸術界の潮流や変化を頭において、今、須田を振り返る意味をひねり出す。そして型にのっとり、決められた字数で、持ち上げすぎた印象を与えないほどに仕上げる。字数が許せば会場に足を運んだ形跡を残し、少しだけ、ないものねだりの言葉を添える……そんな一連の作業は、ほかの展示であってもそう変わらないかもしれない。もしも、見る前から無意識にそんな気分を抱えているとすれば、絵の前に立ったとき心は自由だろうか。

花も、風景も、建物も、鳥や動物も、須田国太郎の画はどれもがとことん突き詰めた思索の密度をもって、画家の魂が語りかけてくる、見る者はそれと対話をする。同じ絵に感じるものは、一人ひとり異なるはずだ。前提も目的もなく、無心に向き合った瞬時に湧き上がる感情、そこからもたらされる何か。ごく個人的なそれは、整理して報告するものでも、理屈を論じるものでも、宣伝するものでも、まして同意を求めるものでもない……。

人はどれほど職業や役割というものに影響されるのだろう。新聞記者は、公平さとともに、時局に向き合うことが求められる。政治や社会の話でなくとも現在を視点にとり入れざるを得ない。かたや、個人的な好悪をもちこむことは憚られるだろう。人間は、ある程度の束縛のなかで模索し、何かに気づき、成長もする。自由は、ゴッホではないが、かえってつらいともいえる。自らなんかの縛りを設けることで、壁を乗り越えてゆかねばならないのだから。偏愛が許され、想像を駆使して表現する自由を、職業記者の歳月を経てこそ、二人は享受できた。そこには選択の自由も、書かない自由もあり、責任も、孤高の苦しさもある。

もし二人が美術記者にならなかったとしたら――と考えてみる。井上のいくつかの作品はかかれなかったか、違ったものになったかもしれない。ゴヤをあのように豊かな世界に再創造しただろうか。司馬は「裸眼」に目覚めることなく、ゴッホにあそこまで執着しなかったかもしれない。八木一夫に出会わなければ、やきものへの思索をあれほど深めただろうか。美術記者という〝回り道〟を歩くことがなかったとしたら、その後の仕事は多少とも違ったものになっていたと思う。遠回りでの葛藤を糧に、二人はあるべき道で花を咲かせたのだ、須田国太郎のように。

肝心なのは、回り道の歩きかたである。立場を受け入れるにしろ、忌み嫌うにしろ、そこでどれだけ真剣に悩み苦しむか。手を抜いてやりすごし、逃げ道をきょろきょろうかがっていても扉は開かれない。いかにきちんともがくか、それが己が進む道に光をともす。

美は、井上靖にとって自分に引き寄せて永遠をみせてくれるものであり、司馬遼太郎にとって人間とその精神を考えさせるものであった。それを促す、芸術とはなんと雄弁で懐深い世界であろうか――二人はそう伝えてくれた気がする。

あとがき

近所の下町をあてもなく歩いていた。細い路地にはいると、板塀の下に植木鉢が並んでいる。小さな花が色とりどりに咲いているけれど、名前を知らない。ふいに初夏の湿気をやわらげる風が吹きぬけた。どこかの庭からのびた樹木の葉がゆらりと揺れて、新緑が青空を泳ぎながら輝いた。うゎ、きれい。みあげながら小声を出した自分に気づいて、体の力が抜け、ああ、自由だと思った。あまり分析したくはないが、筋書きのないところに、不意打ちのように何かが襲い、知らぬうちに自分にはめていた枠がはずれてゆく。思考や理屈が入りこむ隙もなく、外界と自分の区別がなくなる。そんなとき〝自由だ〟の感覚がおりてくる。大げさにいえば、「私はいま生きている」という感動につつまれてしまう。

絵を見ることが、素直にたのしい。いつからだろう。たぶん、美術を仕事にすることを忘れたころからのような気がする。

二十年ほど前、「裸眼で」を初めて読んだとき、あっと心のなかで声が出た。「もはや仕事で絵を見る必要がなくなったときから、大げさにいうと自分をとりもどした」「なにより驚いたことは、絵を見て自由に感動できるようになった」――近代絵画理論の拘束から解き放たれ、「裸眼で」絵を見るよろこびに慄くばかりの司馬さんに出会い、おこがましくも、似たような思いが蘇ったからだ。

やりたいことがあるわけでもなく漠然と文学部に入った大学二年のとき、図書館で手に取った西洋絵画に関する本をよむうち、美術史の面白さに衝撃をうけた。多分に図像解釈学など「絵を読む」新鮮さ、机上のよろこびにかたむいていたかもしれない。それからは、のぼせたように別の大学に専門の講義を聴きに行き（通っていた大学には美術史学科がなかった）、近隣の美術館にかぎらず、気になる展覧会には新幹線で足を運んだ。研究者になりたくて他大学の大学院に進んだころからか、少しずつ、絵を前にすると、画家や流派の影響関係やディテールの分析だとかに目を配らねばならない、ようするに「研究的に見なければならない」という気負いを、生意気にももつようになっていったらしい。それとともに、絵を見る心の弾みが萎んでいった。

せっかく進んだ大学院では、アカデミズムの世界に気おくれし、専門の文献を読みこなす語学力もおぼつかない。現実味のとぼしい留学を考えてはため息をつく日々がつづいた。それでも未練がましく「美術に関わる仕事」にこだわり、迷った末に美術記者を目指して新聞社にすべりこんだ。ああそれなのに、ここでも中途半端に諦めてしまった。ただ今思えば、もし願いがかなっていたとしたら、案外真面目な（?）自分は、美術を報道として片づけていくことに、よけいな葛藤を抱え込んだ気もする。やがて「美術を仕事にする」という執着から解放されると、絵の前に立つことがたいそう気楽になった。

時は過ぎ、上野の美術館で企画展をぶらぶら歩いていて、小さな肖像画の前で足がとまった。にわかに体が動かなくなった。よくある上半身像で、何百年も前の外国人だから、似ている、似ていないは関係ない。技術は卓越しているのだろうが、おそらくそのためでもない。目が合った瞬間、「絵」というジャンルすらなくなってしまい、その人がこちらを見ている次元に、そういっていいなら魂ごと引き入れられてしまったのだ。呆然とした何分間かがすぎてプレートに目をやると、作者はラファエロであった。ちょっと驚いた。有名すぎて、好きとか苦手とか考えたことのなかった画家。それでも、たったいまの恍惚は忘れがたい。先入観も義務も何もないところに、光が真っ直ぐにおりてきてくれたような。そのとき私は初めてラファエロを信頼した。書物で知る巨匠とは違った自分だけのラファエロと、ほんとうの出会いをしたのだと思う。めったにないが、そのあと似たような、もっと深い経験をもたらしてくれた髙山辰雄さんは、いちばん好きな画家かもしれない。

二人の作家の美術との関わりを知りたくてはじめた旅は、しばしば収拾がつかなくなり、途方にくれながらも、降りることはできなかった。他の人にとってはどうでもいいことが自分にとっては一大事というわけで、彼らが見た作品と向き合い、調べたり考えたりするのはつねに心躍る作業であり、小さな気づきも大きな喜びをくれた。

思わぬ収穫もあった。二人の作家の、私にとっては大切な〝隠れた魅力〟に気づかされたのである。井上作品は『しろばんば』などの少年もの、『氷壁』のようなサスペンスふうのもの、『星と祭』みたいな現代小説も好きだけれど、それ以上に西域小説や『天平の甍』など、硬質な文体の歴史ものに惹きつけられてきた。なぜだろう。じつはその低温な端正さの底には、司馬さんが指摘した無頼の孤高さや憑依的な狂気が潜んでいて、それが醸し出す底光りにからめとられてきたのではないか。そう思いかえすと妙に納得できたのである。

また、司馬遼太郎記念館でだったか、ずいぶん前にビデオ上映を見ていたときのこと。草むらのようなところに腰をおろした司馬さんが、何かしら自説をあのやわらかい関西弁で滔々と語っていた。やがて一段落してひと息おいたあと、聞き手のカメラ側に顔を向け、「そう思わない？」とはにかんだような笑みを浮かべて言ったのだ、やや関東風のトーンで。話の内容は覚えていないが、喋りたおしたあとのきまりわるさが混じった人懐こい表情がひどく印象に残った。文章にも見え隠れするそれらしい含羞に、私は無意識に魅了されてきたのかも――そう、個展会場で須田国太郎に声をかけられなかった、あの感じに通じるなにか。もしかしたら、本名でなく司馬遼太郎という筆名（その意味はおいて）を用いたことも、そういった気分の一つの表われではなかっただろうか。と穿ってみてから別のことを調べていて、「私は自分の本の裏に自分の略歴が出ているだけですぐ目を伏せたくなるほどに不愉快だし、自分の本名を活字で見るだけでも、羞恥と説明しがたい憎悪に似た感情をもってしまう」という、一九七三年に書かれた「自分の作品について」の一節に遭遇した。おどろきが共感となり、なぜか安堵した。

そんなことで、今また二人の作品を読み返すことが新鮮なのである。

もう一つ。四章の最後に登場する伊吹和子さんのことである。谷崎潤一郎の晩年に口述筆記を担ったことは知られているが、文芸編集者として司馬遼太郎だけでなく、じつは井上靖も担当されたのであった。そんな体験をラジオで語るお声を聴いて、うらやましさのあまり会いに行き、お二人や川端康成、水上勉、有吉佐和子らとの思い出を一冊にまとめさせてもらった。

『街道をゆく』で見事に描写されているが、老舗の呉服屋にうまれた伊吹さんは、一見やんごとなき京女ながら独特のおかしみをもった方で、二〇一五年に亡くなられるまで、時おり夕食をともにしてさまざまなお話をうかがった。ある日、何やら布に包んだかさばるものを大事そうに抱きながら姿をみせた。これ、もらって頂けないかしら。お歳を考えれば、身辺の整理をされていたのかもしれない。包みをとかれて姿を現したのが、前に入手のいきさつを聞いて私がたいそう面白がった、あの壺であった。正直おそれ多くて戸惑ったけれど、断ることもできない。私に連れ帰られて最初、居心地わるそうにしていた壺は、やがて玄関に鎮座し、出勤の朝、ぽんぽんと軽くふれながら「行ってきます」と声をかけるのが習慣となった。今回あらためて矯めつ眇めつするうちに、いろいろな思いがめぐった。かつてお二人が大小の壺を買いもとめた丹波篠山での時空間を共有できたような嬉しさもある。とすれば伊吹さんは、一個の壺をこえた物語を手渡してくださったのであろう。

思えば長い時間をかけて断続的に書いているうちに、シンプルだった二人の美術記者への興味は、二人の生きかたへの興味へと移っていった感がある。人はつねに選択と決断と行為をしつづけなければならない。一度きりの人生をどう生きるか。それはそのまま、自分の問題としてつきつけられる。二人の足跡をたどることで、自分はどう生きるのか、結局それを考えたくて書いてきたように思う。井上靖も司馬遼太郎も、多かれ少なかれ与えられた境遇に縛られ、それぞれの葛藤をへて次の一歩を踏み出したのだ。やみくもではあったけれど懸命には違いなかったあの頃の自分が少し懐かしくなった。思い出せばほろ苦いあがきも、無駄ではなかったのだろうか。

長年かかえてきた「宿題」を、その下地を作らせてくれた出版社で形にしてもらえたことが、感慨深い。はからずも刊行に関わってくださり、ご尽力くださったすべての方、そして手にとってくださった方に、心から感謝を申し上げたい。ほんとうにありがとうございました。

浮世絵のこと、千利休のことなど、書こうとして力及ばなかった話題は少なくない。しかし、ふれればさらにまとまりのないものになっただろう。二人の美をめぐる旅にようやく一区切りをつけようとしてなお、ゴールはまだ見えもしない。ただ、旅は途中をたのしむものであることを今、実感している。

二〇二三年夏

ホンダ・アキノ

関連年表

年号	西暦	年齢	井上靖	年齢	司馬遼太郎	国内外の出来事
明治四十	一九〇七	0	五月六日、北海道旭川で生まれる。			ハーグ密使事件。第三次日韓協約。
明治四十一	一九〇八	1	父が従軍し、春、母と伊豆湯ヶ島へ移る。			
明治四十三	一九一〇	3				大逆事件起こる。韓国併合。
明治四十五・大正元	一九一二	5				七月、明治天皇崩御、大正に改元。乃木大将殉死。
大正三	一九一四	7				第一次世界大戦起こる。
大正十一	一九二二	15	沼津へ移り、下宿しながら中学校に通う。徹底的に自由に遊び暮らす。			
大正十二	一九二三	16		0	八月七日、大阪市浪速区で誕生。体が弱く、三歳まで奈良県北葛城郡で養育される。	関東大震災が発生、十万人近くが亡くなる。
大正十五・昭和元	一九二六	19	中学卒業後、台北の家族のもとで一年間の浪人生活をおくる。	3		

年号	西暦	年齢	井上靖	年齢	司馬遼太郎	国内外の出来事
昭和二	一九二七	20	父の赴任した金沢に同行し、合格した旧制第四高等学校に通ぅ。柔道部に入り、徹底した禁欲生活をおくった。	4		
昭和五	一九三〇	23	卒業後、九大の法文学部に二年間籍をおくが、ほぼ東京で過ごす。	7	小学校低学年の一時期、さまざまな化け物の絵を空想して描いた。	
昭和六	一九三一					満洲事変起こる。
昭和七	一九三二	25	京大哲学科に移る。「サンデー毎日」など懸賞小説に相次いで当選。	9	小学四年生ぐらいから将来は作家になりたかったともいう。	
昭和十	一九三五	28	遠戚で解剖学の京大名誉教授・足立文太郎の長女ふみと結婚。	12		
昭和十一	一九三六	29	大学卒業。「流転」で千葉亀雄賞受賞、その縁で大阪毎日新聞社に就職。長女誕生。	13	中学一年から昭和十八年まで御蔵跡図書館に通いあらゆる本を読む。十三詣りで大峰山に登り、役行者が好きになる。	二・二六事件起こる。
昭和十二	一九三七	30	学芸部所属となる。日中戦争に応召。	14		日中戦争はじまる。
昭和十三	一九三八	31	内地送還、復職し、宗教欄と翌年から美術欄を担当。茨木在住。	15		

昭和十四	一九三九	32	京大大学院に籍をおき美学を本格的に学ぶ。	16		第二次世界大戦はじまる。
昭和十五	一九四〇	33	安西冬衛、竹中郁ら詩人と交わる。学芸部勤務。	17		
昭和十六	一九四一	34		18	このころ受験に失敗して「馬賊になる」と発言したという。	太平洋戦争はじまる。
昭和十七	一九四二	35	このころ日曜紙面に「本山物語」を連載。	19	大阪外国語学校蒙古語科入学。	
昭和十八	一九四三	36		20	高野山へ友人と徒歩旅行。学徒出陣。	
昭和二十	一九四五	38	社会部に移り、終戦記事を執筆。学芸部に復帰。部下となった山崎豊子を指導。	22	栃木県佐野市で陸軍少尉として終戦を迎える。復員して大阪で図書館通い。	終戦。
昭和二十一	一九四六	39	毎日新聞大阪本社学芸部副部長となる。詩作再開。	23	新日本新聞に入社するが二年後に倒産。	日本国憲法公布。
昭和二十二	一九四七	40	「闘牛」が「人間」第一回新人小説募集の選外佳作に。	24	高野山へ出家、あるいは大学入学をもくろんで訪れる。	
昭和二十三	一九四八	41	創造美術結成のスクープ記事。「猟銃」が「人間」新人小説賞に落選。「きりん」創刊。東京本社出版局に移り単身上京。	25	産経新聞社に入社。京都で大学・宗教を担当。福井地震に遭遇。	東京裁判の判決下る。
昭和二十四	一九四九	42	「猟銃」「闘牛」を「文學界」に発表。	26		一月二十六日、法隆寺金堂が焼失。

年号	西暦	年齢	井上靖	年齢	司馬遼太郎	国内外の出来事
昭和二十五	一九五〇	43	「闘牛」で芥川賞。創作に専念。「漆胡樽」「黯い潮」発表。	27	六月、浄土真宗本願寺派「ブディスト・マガジン」創刊号に芸術家を主人公とした「わが生涯は夜光貝の光と共に」発表。七月、金閣寺放火事件を取材。	朝鮮戦争勃発、日本に特需景気。
昭和二十六	一九五一	44	毎日新聞社退社。「利休の死」「澄賢房覚書」「玉碗記」「ある偽作家の生涯」発表。	28		サンフランシスコ講和条約で日本が独立国に復活。
昭和二十七	一九五二	45		29	七月、完成したばかりの大阪本社に異動、地方部勤務となる。	
昭和二十八	一九五三	46		30	五月頃に文化部へ、美術担当となる。	
昭和二十九	一九五四	47	「あした来る人」を朝日新聞に連載。	31	井上の「あした来る人」の主人公が自分に似ていると後のみどり夫人に述べたとか。	第五福竜丸がビキニ環礁で被曝。
昭和三十	一九五五	48	「淀どの日記」を『別冊文藝春秋』に連載。	32	『名言随筆・サラリーマン』刊。渡欧翌年に帰国した三岸節子に会う。	
昭和三十一	一九五六	49	「氷壁」を朝日新聞に連載。	33	文化部次長となる。初めて司馬遼太郎のペンネームで執筆した「ペルシャの幻術師」が海音寺潮五郎の強い推しで講談倶楽部賞に。	日ソ国交回復。

昭和三十二	一九五七	50	『天平の甍』刊。十月末から一ヵ月間、初めての訪中。	34	「戈壁の匈奴」「兜率天の巡礼」が同人誌『近代説話』に掲載。	
昭和三十四	一九五九	52	『敦煌』執筆、翌年に毎日芸術大賞受賞。	36	「下請忍者」が『講談倶楽部』に掲載される。	
昭和三十五	一九六〇	53	七月、ローマ・オリンピックに毎日新聞社から特派され、ダ・ヴィンチやゴヤ他、ヨーロッパ各地の美術を見て十一月に帰国。日本の美を再発見した。	37	「梟の城」で直木賞受賞。「外法仏」「牛黄加持」が『別冊文藝春秋』掲載。	六〇年安保闘争。
昭和三十六	一九六一	54	大阪の酒場で司馬遼太郎と出会う。	38	産経新聞社退社。大阪の酒場で井上靖に邂逅。「飛び加藤」「果心居士の幻術」執筆。	
昭和三十九	一九六四	57	『風濤』で読売文学賞受賞。	41		東海道新幹線開通。東京オリンピック開催。
昭和四十	一九六五	58	五月、ソ連領中央アジアに旅行。	42	鴨居玲の作品を初めて見る。	
昭和四十一	一九六六	59		43	「竜馬がゆく」「国盗り物語」で菊池寛賞。	
昭和四十三	一九六八	61	五月、ソ連を取材旅行。	45	「胡桃に酒」	
昭和四十四	一九六九	62	ノーベル文学賞候補となる。	46		
昭和四十五	一九七〇	63		47	「わが空海」	七〇年安保闘争。大阪万博開催。三島由紀夫自殺。

年号	西暦	年齢	井上靖	年齢	司馬遼太郎	国内外の出来事
昭和四十六	一九七一	64	「美しきものとの出会い」を翌年にかけて「文藝春秋」に連載。	48	「街道をゆく」連載開始。	
昭和四十七	一九七二	65	『星と祭』刊。ゴヤの《カルロス四世の家族》についてエッセイ執筆（高階秀爾とともに編集委員を務めた中央公論社『世界の名画1 ゴヤ』に収載）。	49	「ゴッホの天才性」	沖縄の本土復帰。日中国交正常化。
昭和五十	一九七五	68	五月、作家団長として長安など二十日間の訪中。司馬、水上勉らも同行。	52	五月、井上らとともに訪中。『空海の風景』刊。	
昭和五十一	一九七六	69	文化勲章受章。	53	「微光のなかの宇宙（須田国太郎論）」	
昭和五十二	一九七七	70	八〜九月、新疆ウイグル自治区など西域の旅へ。司馬も同行。	54	井上らとともに西域の旅へ。「激しさと悲しさ——八大山人の生涯と画業」	
昭和五十三	一九七八	71	五〜六月、初めて敦煌へ、莫高窟を見る。八月、司馬との共著『西域をゆく』刊。	55	（『西域をゆく』刊）	
昭和五十五	一九八〇	73	三月、インドネシア・ボロブドゥール遺跡へ。四月、ＮＨＫ取材班と西域各地を旅行。	57	「八木一夫雑感」	

昭和五十六	一九八一	74	五月、日本ペンクラブ会長に就任（〜八五年）。ノーベル文学賞候補とのニュースが流れ、自宅に報道陣が押し寄せた。	58	「出離といえるような」	
昭和五十八	一九八三	76	『忘れ得ぬ芸術家たち』刊。	60	「密教の誕生と密教美術」「裸眼で」	
昭和五十九	一九八四	77	『美の遍歴』刊。	61	『微光のなかの宇宙』刊（「裸眼で」収載）	
昭和六十一	一九八六	79		63	気分転換によく色紙に水彩画を描いた。	
昭和六十二	一九八七	80		64	『鴨居玲の芸術』（図録）	
平成三	一九九一	83	一月二十九日逝去。	68	五月の講演「踏み出しますか」で、最後となった対談での井上の発言「（世界の）組合」について触れる。	バブル経済崩壊。湾岸戦争起こる。
平成五	一九九三			70	文化勲章受章。	
平成八	一九九六			72	二月十二日逝去。	

参考文献（順不同）

❖井上靖関係

『井上靖全集』全二十八巻＋別巻一、新潮社、一九九五〜二〇〇〇年
『井上靖全詩集』新潮文庫、一九八三年
井上靖『忘れ得ぬ芸術家たち』新潮文庫、一九八六年
同『幼き日のこと・青春放浪』新潮文庫、一九七六年
井上靖ほか『私の履歴書　中間小説の黄金時代』日経ビジネス人文庫、二〇〇六年
三枝康高『井上靖　ロマネスクと孤独』有信堂、一九七三年
黒田佳子『父・井上靖の一期一会』潮出版社、二〇〇〇年
「芸術新潮——追悼特集　井上靖　美への眼差し」新潮社、一九九一年四月号
『別冊太陽　井上靖の世界』平凡社、二〇〇七年

❖司馬遼太郎関係

『司馬遼太郎全集』全六十八巻、文藝春秋、一九七三〜二〇〇〇年
司馬遼太郎『微光のなかの宇宙——私の美術観』中公文庫、一九九一年

同『街道をゆく』シリーズ全四十三巻、朝日文庫、一九七一～九六年
同『ビジネスエリートの新論語』文春新書、二〇一六年
産経新聞社『新聞記者　司馬遼太郎』扶桑社文庫、二〇〇一年
産経新聞社編／井上博道・写真『美の脇役』光文社知恵の森文庫、二〇〇五年
夕刊フジ編『司馬遼太郎の「遺言」――司馬遼太郎さんと私』扶桑社、一九九七年
『司馬遼太郎対話選集4　日本人とは何か』文藝春秋、二〇〇三年
『週刊朝日増刊　司馬遼太郎が語る日本　未公開講演録Ⅰ～Ⅵ』朝日新聞社、一九九六～九九年
『週刊朝日増刊　司馬遼太郎からの手紙　『街道をゆく』の友人たちへ』朝日新聞社、二〇〇〇年
『別冊太陽　司馬遼太郎　新しい日本の発見』平凡社、二〇〇四年
向井敏『司馬遼太郎の歳月』文藝春秋、二〇〇〇年
半藤一利『清張さんと司馬さん』ＮＨＫ出版、二〇〇二年

❖図録

『美しきものとの出会い　井上靖　忘れ得ぬ芸術家たち』毎日新聞社、一九八四年
『井上靖展――文学の軌跡と美の世界』毎日新聞社、一九九二年
『司馬遼太郎展　19世紀の青春群像』産経新聞大阪本社、一九九八年
『須田国太郎展　没後50年に顧みる』茨城県近代美術館ほか、二〇一二年
『上村松園・松篁・淳之三代展』読売新聞大阪本社、二〇〇九年
『山種美術館の上村松園』山種美術館、二〇〇〇年

『足立美術館名品選』足立美術館、二〇〇八年
『日経ポケット・ギャラリー　上村松園』日本経済新聞社、一九九一年
『生誕100年記念　三岸節子展　永遠の花を求めて』朝日新聞社、二〇〇五年
『泉屋博古　中国絵画』泉屋博古館、一九九六年

❖その他

産経新聞大阪版マイクロフィルム版、一九五四〜五六年
大塚清吾「風声」佐賀新聞連載、一九九七年

＊

井上靖・司馬遼太郎『西域をゆく』文春文庫、一九九八年
井上靖『歴史というもの』中央公論新社、二〇一一年　＊司馬や松本清張との対談あり
井上靖監修『私の古寺巡礼』全四巻、光文社知恵の森文庫、二〇〇四〜〇五年　＊司馬も執筆
高田修『仏像の誕生』岩波新書、一九八七年
『漱石全集』第十六巻、岩波書店、一九九五年
宮尾登美子『序の舞』中公文庫、一九八五年
上村松篁『画集　額田女王』毎日新聞社、一九六九年
木本南邨『弘法大師空海・人と書』朱鷺書房、二〇〇三年
神谷美恵子コレクション『遍歴』『本、そして人』みすず書房、二〇〇五年

＊本文中は故人の敬称を一部略しましたことをご了解いただければ幸いです。
＊引用した産経新聞の展評は、大阪市立中央図書館所蔵のマイクロフィルム版より「福」の署名があるものを福田定一記者の執筆と判断しました。

[著者] ホンダ・アキノ
大阪府生まれ。奈良女子大学卒業後、京都大学大学院で美学美術史を学ぶ。修士課程を修了し新聞社に入社。支局記者を経て出版社へ。雑誌やムック、書籍の編集に長年携わったのちフリーとなる。

【お問い合わせ】
本書の内容に関するお問い合わせは
弊社お問い合わせフォームをご利用ください。
https://www.heibonsha.co.jp/contact/

二人の美術記者 井上靖と司馬遼太郎

発行日———2023年9月13日　初版第1刷

著者———ホンダ・アキノ
発行者———下中順平
発行所———株式会社平凡社
〒101-0051 東京都千代田区神田神保町3-29
電話 03-3230-6573［営業］
印刷———株式会社東京印書館
製本———大口製本印刷株式会社

ISBN978-4-582-83932-6
平凡社ホームページ　https://www.heibonsha.co.jp/